União Brasileira de Escritores

Crônicas da UBE

Organização | Marcelo Nocelli

Copyright © 2014 by Os autores.
Crônicas da UBE © União Brasileira de Escritores - UBE, 2014

Organização e seleção
Marcelo Nocelli

Preparação de originais
Marina Ruivo

Revisão
Marina Ruivo
Natália Souza

Projeto Gráfico, Capa e Ilustração
Leonardo Mathias | leonardomathia0.wix.com/leonardomathias

Dados Internacionais de Catalogação na Publicação (CIP)
Bibliotecária Juliana Farias Motta CRB7- 5880

C947   Vários autores.

Crônicas da UBE / Organização Marcelo Nocelli ;
Apresentação Joaquim Maria Botelho.

São Paulo : Pasavento, 2014.

ISBN 978-85-68222-00-3

1.Crônicas brasileiras. 2. Literatura brasileira. 3. União Brasileira de
Escritores (UBE) I. Nocelli, Marcelo, 1973-. (org.). II. Joaquim Maria
Botelho. (apres.). Título.

CDD – B869.8

Índice para catálogo sistemático:

1. Crônicas brasileiras
2. Literatura brasileira
3. União Brasileira de Escritores (UBE)

Todos os direitos desta edição reservados à:

Editora Pasavento

CRÔNICAS DA UBE

Andrade Jorge
Anna Maria Martins
Audálio Dantas
Ben-Hur Demeneck
Betty Vidigal
Caio Porfírio Carneiro
Carlos Frydman
Cícero da Mata
Daniel Pereira
Decio Zylbersztajn
Fábio Lucas
Fernando Coelho
Gabriel Kwak
João Marcos Cicarelli

Joaquim Maria Botelho
José Moacir F. Saraiva
Mafra Carbonieri
Marcelo Nocelli
Maria de Lourdes R. Villares
Nicodemos Sena
Pedro Pires Bessa
Raquel Naveira
Ricardo Filho
Rita M. Mourão
Roberto Ferrari
Rodolfo Konder
Ruth Guimarães
Tatiana Belinky
Thiago Bechara

Apresentação:
Joaquim Maria Botelho

Organização:
Marcelo Nocelli

Para

Rodolfo Konder, Ruth Guimarães e Tatiana Belinky.
Integrantes desta antologia,
que partiram antes de sua publicação.

O GRANDE LÍDER ANASTÁCIO AMBRÓSIO • 13
Andrade Jorge

CHÃO DE INFÂNCIA E JUVENTUDE • 19
Anna Maria Martins

FIM DE CASO • 23
Audálio Dantas

MOSTEIRO DA FILOSOFIA • 29
Ben-Hur Demeneck

O ARMÁRIO 29 • 33
Betty Vidigal

O AUTÓGRAFO • 41
Caio Porfírio Carneiro

É DIFÍCIL SER UM JUDEU • 43
Carlos Frydman

MEMÓRIA IN / EM GLÓRIA DA AV. SÃO JOÃO • 49
Cícero da Mata

NA SALA, COM O DOUTOR • 53
Daniel Pereira

O CLARO ENIGMA DA DUAS CIDADES • 63
Decio Zylbersztajn

O PASSADO EM MUTAÇÕES • 67
Fábio Lucas

A CARTA DE CURTA DISTÂNCIA • 71
Fernando Coelho

CABEÇALHO • 79
Gabriel Kwak

NO TEMPO DA CANETA-TINTEIRO • 81
João Marcos Cicarelli

85 • SE, AO MENOS
Joaquim Maria Botelho

93 • EXAGEROS DE MÃE
José Moacir F. Saraiva

95 • NAQUELA ESTRADA
Mafra Carbonieri

101 • SUJEITOS PREDICADOS
Marcelo Nocelli

107 • VERDES VERDADES
Maria de Lourdes R. Villares

115 • A SABEDORIA DA VOVÓ
Nicodemos Sena

121 • FUMO
Pedro Pires Bessa

129 • ANGÉLICA
Raquel Naveira

133 • ESTRANGEIRO
Ricardo Filho

137 • IMAGENS QUE FICAM
Rita M. Mourão

143 • ANO-NOVO
Roberto Ferrari

147 • A PALAVRA E O SONHO
Rodolfo Konder

151 • MARINHEIRA NO MUNDO
Ruth Guimarães

153 • MUITAS BRUXAS E UMA BRUXINHA
Tatiana Belinky

163 • A GRADE
Thiago Bechara

APRESENTAÇÃO
DA VIDA E DAS OBRIGAÇÕES

Não se trata, aqui, de analisar dimensões ou possibilidades da vida. Nem de impor versões dirigidas de determinados fatos. Os textos reunidos nesta antologia lidam com a vida mesma, com instantâneos, captando momentos fugazes ou de certa perenidade. Sem compromisso ou comprometimento. É o papel da crônica: registrar o cotidiano. O que muda são os pontos de vista. Cada olhar propicia outro jeito de enxergar o que desfila diariamente diante de nós.

A literatura, como sabemos, lida com significados. Por meio de morfemas, semantemas, palavras enfim. Sem esquecer que o fonema precede a sílaba, na nossa história. O homem primeiro falou, anunciou, pregou, reverberou, praguejou, elogiou. Depois escreveu. A consciência desse fato é importante para situarmos a produção literária dentro de um contexto sociológico, como bem recomendou o mestre Antonio Candido. Só escrevemos aquilo que de algum modo vivenciamos, seja por experiência, ou por testemunho, por notícia; de algum modo, aquela vivência está em nós, introjetada, faz parte de nós, então é nossa, então é parte de quem somos.

Posto isso, vamos lembrar que Sartre pensava que o império dos signos é a prosa. Para ele, a poesia é aparentada com a pintura, a escultura e a música. É arte com palavras, no entanto, diferentemente da prosa, a poesia não se serve das palavras, mas as palavras é que servem a ela. O que quer dizer que na poesia a linguagem é utilizada como instrumento estético, cada palavra podendo significar qualquer coisa que a imaginação do poeta pretenda que signifique. O que, a sua vez, nos remete a Aristóteles, em sua *Poética*, considerando a poesia a arte da imitação. Não espero que o leitor concorde absolutamente com Sartre nem com Aristóteles, mas que reflita sobre o que eles disseram, porque é desse método de questionamento que nasce a verdadeira obra literária.

Já na crônica, o autor comenta ou discute um fato ou uma ocorrência, sem a preocupação de informar. É o ponto de vista do autor sobre uma situação, pessoa ou circunstância, portanto é um texto necessariamente subjetivo. Afrânio Coutinho, em suas *Notas de teoria literária*, ensina que a crônica é um

> [...] gênero literário, de prosa, ao qual menos importa o assunto, em geral efêmero, do que as qualidades de estilo;

menos o fato em si do que o pretexto ou a sugestão que pode oferecer ao escritor para divagações borboleantes e intemporais; menos o material histórico do que a variedade, a finura e a argúcia na apreciação, a graça na análise dos fatos miúdos e sem importância, ou na crítica buliçosa de pessoas.

Nestas crônicas, não são abordados necessariamente os problemas da natureza humana. Aborda-se a presença da pessoa humana no mundo. Um mundo que tem barbárie, sustos, mas que também tem alegrias e festa. Tem coisas simples, corriqueiras, do dia a dia pequeno e repetido. É isso. A vida é assim, simples, com algumas poucas grandiosidades.

Quanto à linguagem, vemos variedade nesta antologia. Até porque não há receita. Ressalte-se que o registro da coloquialidade é dificuldade confessada mesmo por grandes autores como Amadeu de Queiroz e Monteiro Lobato. Por isso não podemos deixar de lembrar Rubem Braga, o mestre da crônica, com a leveza e a naturalidade que brotavam de suas narrativas soltas.

Coube-me oferecer esta breve reflexão para abrir a publicação com que a Editora Pasavento, generosamente, presenteia a União Brasileira de Escritores (UBE), reunindo vinte nove crônicas de autores dos mais variados estilos e olhares. Inspiradas, algumas, na languidez da poesia, certeiras; já outras, no tino do repórter. Outras, ainda, nem tanto lá e nem tanto cá. São olhares. Em conjunto, oferecem a vida. A vida mesma, passando, puxando a gente para dentro dela ou tristemente nos expulsando para outras dimensões.

Eis o que me parece que este livro é: um registro do nosso tempo, como pontificava Machado de Assis. Cada registro, somado aos outros, permite que vejamos o novo no velho ou o que será novo dentro do que é novo hoje.

Não penso que caiba parabenizar os autores, porque eles não fazem mais do que sua obrigação: escrever. E ninguém é escritor se não tem uma obra viva, circulando, sendo acolhida – ou até questionada – pelos leitores.

Mas cabe, em nome da UBE, agradecer à Editora Pasavento por nos ajudar a manter o nosso desígnio e a cumprir a nossa obrigação.

Joaquim Maria Botelho
UBE – Presidente

O grande líder Anastácio Ambrósio

Andrade Jorge

Em pé no alto da janela no velho casarão colonial, coberto com um manto de cetim verde, estava Anastácio Ambrósio discursando ao vento para seu invisível povo. Seu povo era dividido em três classes; os Aliados Infiéis, as Forças Corruptas e o Baixo Clero Burro.

Assim falava Anastácio Ambrósio:

Meus Aliados Infiéis, que a todo o momento são seduzidos por propostas indecorosas e as aceitam, minhas Forças Corruptas, que corrompem o sistema deixando tudo numa completa balbúrdia, e meu povo do Baixo Clero Burro, dóceis carneiros que se perdem na sombra da própria burrice, minhas saudações! Sou forçado a dizer que a miséria humana está no flagelo das boas intenções que campeia nosso reinado. Vocês são testemunhas inequívocas e verdadeiras da nossa vontade de acertar, ainda que seja na loteria. Estamos trabalhando num projeto astronômico, vamos construir milhares de condomínios de luxo para o Baixo Clero Burro. Entregamos as chaves e cento e oitenta dias depois tomaremos tudo de volta, sob alegação de falta

Crônicas da UBE

de pagamento, pois já sabemos que não vão aguentar pagar as prestações, isso porque, três meses depois, determinarei um aumento de no mínimo 180% para a manutenção do sistema de habitação. Colocarei as Forças Corruptas para expulsar todo mundo das casas, e esses passarão a ser conhecidos como os "Sem Condomínio". Depois, repassaremos os imóveis para os Aliados, para que deixem de ser tão infiéis.

No campo da Saúde fiquem tranquilos, temos grandes novidades. Vamos sucatear os hospitais públicos e assim acabar com os doentes públicos. Somente os que têm dinheiro é que também podem ter o direito a hospitais dignos e à cura, portanto, incrementaremos violentamente a construção de milhares de Hospitais Particulares. O recurso virá dos impostos que aumentaremos para o Baixo Clero Burro.

Quanto à superlotação nos presídios e penitenciárias, já estudamos uma solução definitiva. Realizamos um Tratado Bélico com o Grande Irmão prevendo que todos os nossos caríssimos presos serão enviados para o seu país, onde receberão lindos uniformes, armas de primeira grandeza (iguais àquelas utilizadas em nossos pitorescos morros), passarão por um longo treinamento de longas duas horas e, logo depois, embarcarão em aviões supersônicos, para uma missão de paz no Iraque, Síria, ou qualquer outro país em guerra.

Se saírem vivos, seguirão para outro conflito, e assim sucessivamente.

Sobre emprego, tenho a dizer que nosso Ministro do Seguro-Desemprego já definiu novas artimanhas, quero dizer, novas metas. Abriremos cinquenta milhões de vagas para o nosso povo sofrido. Entretanto, pequenos detalhes deverão ser cumpridos. Dizem que nossa mão de obra não é qualificada nos padrões internacionais, pois vou provar o contrário. As únicas condições para se empregar a partir de agora são: ter curso superior, especialização, mestrado, doutorado, estágio no exterior, falar fluentemente inglês e mais uma outra língua estrangeira. Atendendo estes mínimos requisitos, o candidato estará, automaticamente, empregado. Não atendendo, deverá se dedicar exclusivamente aos estudos. Ninguém poderá arguir que não temos política de emprego e das mais arrojadas, diga-se de passagem. Já imaginaram um Auxiliar de Ajudante Geral com PhD? E falando *Thank you, I'am so happy! Thank you, Mr. Anastácio Ambrósio*! Queremos uma nação forte, destemida e feliz. Não teremos mais desempregados por falta de qualificação. Quem não se empregar por não cumprir os mínimos requisitos já citados estará na estatística do "Momentaneamente em Stand-by, aguardando credenciamento". Desempregado, jamais! Por isso, não teremos mais a necessidade do Seguro-Desemprego.

Também gostaria de anunciar que nossa política de Meio Ambiente vem trabalhando em prol da natureza. De agora em diante não gastaremos mais madeira para fazer caixões, e implantaremos o sistema de cremação coletiva, que acontecerá uma vez por mês. Vai tudo pro fogo. Baita fogueirão! E tudo de graça.

Meu nome vocês sabem, a televisão vive falando que é pra não esquecer (meu governo investe muito em propaganda, assim você me acompanha em todas as viagens), mas não custa lembrar: Anastácio Ambrósio, líder de vocês. Minha mãe diz que é punição por vidas passadas. Agora, andem por aí e espalhem as boas-novas, boca a boca para economizar energia elétrica até o ano de 2020, quando teremos novas Usinas, ou quando aquela comprada do nosso Grande Irmão funcionar. Vão, meus desprezíveis seres, usem a imaginação e voltem para vossas casas nas asas do vento, que é de graça também, e nem pensem em usar avião, estamos fazendo acertos no controle do "tráfico aéreo".

Vão em paz!

Ainda pendurado na janela, Anastácio Ambrósio viu a aproximação daqueles homens vestidos de branco:

— Anastácio, desce daí, precisamos conversar!

— O que vocês querem, Urubus de Branco?

— Anastácio, precisamos do seu discurso na Ala Norte, os pacientes estão muito agitados, não querem tomar o remedinho das três horas pra acalmar o espírito.

— Vocês não viram que estou ocupado tentando salvar este País Sul-Americano? Sei que sou o Salvador do Mundo, mas tudo tem seu tempo, esses infelizes do Norte que me aguardem. Como paliativo recomendo o seguinte: peguem um infeliz qualquer, desçam o cacete nele e mandem dizer que logo estarei chegando pra salvá-los. Agora vão e me deixem em paz, cambada de sanguessugas! Ainda tenho que passar no Restaurante das Pizzas e estudar o Processo dos Mensaleiros, depois contabilizar a Copa do Dinheiro, quero saber quanto rendeu.

E lá ficou Mestre Anastácio Ambrósio conjeturando novas estratégias para salvar o seu mundo do mundo.

Andrade Jorge é aquariano da cidade de Jundiaí-SP. Pretenso poeta. Insiste em aprender. Tem poucas virtudes e muitos defeitos. Atualmente participa das entidades: Confraria Artistas e Poetas pela Paz, Casa dos Poetas da Praia Grande, Associação Profissional dos Poetas e Escritores do Rio de Janeiro (APPERJ) e Academia Nacional de Letras do Portal do Poeta Brasileiro.

Chão de infância e juventude
Memória fragmentada

Anna Maria Martins

O bonde vem de São Vicente. Não tem número. É o especial que transporta as alunas do Colégio Stella Maris. Segue ao longo da orla marítima, vai parando nos pontos habituais da rota cotidiana.

No José Menino, esquina da rua Cira, a menina, um tanto atrasada, atravessa a avenida. Consegue chegar a tempo de pegar o bonde. Pé no estribo, mais um impulso e já está sentada. Acomoda com cuidado a saia pregada de fustão branco, estica a faixa colorida que dá voltas no uniforme. Toma fôlego e se envolve na conversa.

À medida que o bonde vai lotando, o vozerio cresce, o tom já não é o desejado pela *soeur* que acompanha o percurso desde o início. *Et bien, mês enfants, un peu plus bas, s´il vous plait.* A paciência de *soeur* Françoise tem limites.

Gonzaga, Washington Luís, Conselheiro Nébias, as alunas vão apanhando o bonde, o especial segue e chega ao portão do colégio. Desfazem-se da mala – cada uma tem seu cabide numerado no saguão espaçoso – e vão para a capela. A missa abre o dia das alunas do Stella Maris.

Aos seis anos de idade a menina entrara no colégio. A faixa rosa, envolvendo o uniforme, marcava o início do primário. Faixas de outras cores sucederam-se em sua passagem pelos cinco anos de ginásio.

Amizades, aprendizado, esportes e recreio fazem o cotidiano escolar. O idioma francês já não traz dificuldades. Falado tanto quanto o português, é língua familiar. As matérias curriculares complementam-se com músicas, religião e boas maneiras. A literatura francesa também é estudada. A jovem ginasiana toma conhecimento dos dramaturgos, e Corneille, Racine, Moliére entram na sala.

A convivência diária cria amizades que se solidificam. As meninas Montenegro, as Suplicy, Andrade Coelho, Almeida Prado, as Kannebly e outras mais crescem juntas, são preparadas para o mundo além das paredes escolares. Mas fazem suas próprias escolhas, vão abrindo caminhos. E descobrem os *flirts*, a proximidade dos meninos. Não fazem ideia de como alguns desses jovens se projetariam, seriam orgulho para a cidade. O artista plástico Mário Gruber, os músicos eruditos Almeida Prado e Gilberto Mendes, os governadores Paulo Egydio e Mário Covas – o Zuza da nossa infância.

Adolescentes em final de ginásio, os interesses extrapolam o âmbito escolar, vão a clubes, namoram, jogam vôlei na praia. O Clube XV, em seus jantares dançantes, apresenta Pedro Vargas, Adelina Garcia, Elvira Rios. No Grill do Parque Balneário Hotel, Luiz Gonzaga toca e canta o baião. O Tênis Clube traz jogadores famosos para o Campeonato Aberto. No Cinema Cassino abre-se o teto e a noite de verão mostra o céu estrelado.

Nem tudo é descompromisso ou alegria. Reflexos da Segunda Guerra Mundial chegam ao país, *blackout* na orla marítima, escassez de gasolina, racionamento de produtos básicos, torpedeamento de navios. Evita-se sair à noite. As *big bands* amenizam a reclusão das jovens. Glen Miller, Artie Shaw, Harry James, Benny Goodman repetem-se na vitrola.

Os anos de guerra deixam marcas. Mas a cidade retoma seu ritmo. E as alunas do Stella Maris, saindo do aconchego da escola e do abrigo familiar, partem em busca de seus próprios rumos.

A menina de outrora atravessa distâncias e a mulher reencontra seu chão de infância e juventude. Tantos anos passados, ela volta. No Panteon dos Andradas, participa da Homenagem a José Bonifácio e se emociona. Sente-se privilegiada por ter crescido em Santos e por ser uma Andrada.

Anna Maria Martins, paulistana, é membro da Academia Paulista de Letras (APL). Foi vice-presidente da UBE. Publicou seus primeiros contos no jornal *O Estado de S. Paulo*. Recebeu o Prêmio Jabuti como revelação de autor, o Prêmio Afonso Arinos, da Academia Brasileira de Letras (ABL), por *A trilogia do emparedado*, e o Prêmio do Instituto Nacional do Livro (INL) por *Katmandu*. Dirigiu a Oficina da Palavra da Casa Mário de Andrade entre 1991 e 1995.

Fim de caso

Audálio Dantas

No banco do parque, lado a lado, os dois não se olhavam nem se tocavam. Fazia um bom tempo que estavam assim, como se fossem estranhos. Sem palavras.

Podiam ouvir o roçar das folhas, o assobio fino do vento morno que soprava na manhã de domingo. E o cacarejar das galinhas entrecortado pelo canto dos galos a marcar território.

E o arrulhar dos pombos.

O parque que ela escolhera para o encontro parecia mais um velho quintal, coisa do passado, uns restos de vegetação nativa, uma ilha no meio de prédios de apartamentos vendidos a peso de ouro por causa da vista. As galinhas, os galos, os pombos, tudo ali evocava um quintal, acendia lembranças de tempos antigos.

Merda, pensou o homem, aquele encontro, marcado por ela, era para deixá-lo amolecido.

Ela decidira que era hora de discutirem a relação desgastada pelo tempo, por cenas de ciúme sem razão, ausências cada vez mais compridas, falta daquela urgência de se verem, um amor quase sem fé.

Na verdade, um amor esmaecido, sustentado apenas por uns restos de tesão.

Ele se lembrou de um samba antigo, romântico, remoeu versos e melodia, "Sinto muito, mulher, mas é tarde, essa chama de amor já não arde".

Hesitou, mas decidiu romper o silêncio:

— Vamos ou não vamos discutir essa porra de relação?

Ela estremeceu como se acordasse de um sono leve, de um sonho, talvez.

— O que você disse?

— O que viemos fazer aqui? A proposta foi sua. Desembucha.

— Ah, sim, discutir a relação. Tá precisando mesmo.

— Então comece a abrir o bico.

— Tá vendo? Antes você não era grosseiro assim, às vezes parecia um poeta romântico. Lembra-se daqueles versos do Vinicius, "para viver um grande amor"? Você recitou o poema inteirinho para mim, logo no segundo encontro.

Ele mergulhou num silêncio repentino, ela se encolheu, enroscou-se em pensamentos enevoados. Dizer o quê? Perguntou para dentro de si mesma.

Ele distante, a mão pousada na madeira do banco, mão grande, áspera, imóvel. Sobre ela, outra mão tateando devagar, primeiro com as pontas dos dedos finos, logo com a palma que derramava gotinhas quase imperceptíveis de suor.

Ele retirou a mão, o gesto de carinho recusado ficou parado no ar. Ela fingiu que aquilo não lhe doera, fez de conta que não estava vendo a flecha desenhada no tronco de uma árvore próxima, trespassando um coração. Tomou-se de coragem:

— Bem que eu disse, logo no começo, que não ia dar certo. Você, casado, sem jeito de se desenrolar...

— Mas eu queria você, era um tesão irresistível.

— É, mas eu avisei. Não queria fazer o papel de amante.

— Mas foi pra cama comigo, não foi? Disse até que estava apaixonada. Mas depois começou a negacear, a fugir, a evitar os encontros. Uma vez sumiu, ficou mais de mês sem dar sinal de vida. Quando reapareceu, dizendo-se quase morta de saudade, alegou que perdera o celular. Pensa que acreditei?

Não acreditou, de fato. Durante todo aquele tempo ficou a imaginá-la nos braços de outros.

No primeiro reencontro, a agressão:

— Vagabunda!

Ela não pareceu ofendida. Retribuiu a ofensa com alfinetadas certeiras. Ele não passava de um machão disfarçado, desses que dão uma de moderninho, mas na verdade querem ter mulher como propriedade. No caso, duas: ela e a que tinha em casa. E outras que aparecessem.

Ele engoliu em seco, mas não se deu por vencido. Tinha até pensado em abrir o jogo em casa, desfazer o lar, como se diz, para amarrar-se com ela de vez. Mas ela vivia naquele vai-não-vai, dando-se e negando-se, em avanços e recuos.

Um casal de pombos agitava-se na areia da alameda. A fêmea dava corridinhas em passos miúdos, o macho atrás e em volta, o peito estufado, arrulhando. Investia para cima dela, que escapava em voos rasteiros, curtos, mas logo depois voltava, peneirando-se. O macho apertava o cerco, ela se esgueirava para baixo de uma moita, onde não se demorava muito, ressurgia no campo aberto, repetindo suas corridinhas, quase oferecida.

Era uma pombinha de quase nenhuma graça, miúda, de penas cinzentas, sem adornos, a não ser uns pontinhos brancos que lhe cingiam o pescoço, como um colar de contas sem brilho. O macho que a cercava, incansável, era o contrário, plumagem farta, brilhante, num tom esverdeado que lhe marcava o pescoço, as pontas das asas, a cauda.

Em dado momento a fêmea pareceu ceder aos seus encantos, encurtou os passos, quase se deixou apanhar, mas de repente alçou voo, sumiu sob a copa da árvore mais alta.

No banco, o homem disse:

— Tá vendo? É assim que você faz comigo.

Ela não se ligara no embate do casal de pombos.

— Faço o quê?

— Não se faça de idiota.

— Outra vez você vem com agressão.

Alguém começou a jogar farelo de milho para as galinhas, que corriam em bandos, em grande alvoroço. O homem voltou à carga:

— Galinha!

Ela fingiu não ter ouvido a ofensa, ele gritou:

— Puta!

Não houve reação, ele gritou mais alto:

— Putana!

Ela reagiu:

— Por que em italiano?

— Porque soa mais bonito. Putana é o que você é!

A moça se levantou e, quase correndo, como se quisesse alçar voo, sumiu na primeira curva da estradinha entre as árvores.

Audálio Dantas é jornalista e escritor. Autor de mais de dez livros, recebeu em 2013 os mais importantes prêmios literários do país: o Jabuti, de Melhor Livro de Jornalismo e de Livro do Ano de Não Ficção (Câmara Brasileira do Livro), e o Troféu Juca Pato – Intelectual do Ano (UBE), por seu livro *As duas guerras de Vlado Herzog* (Editora Civilização Brasileira). É considerado um dos mais importantes jornalistas brasileiros e teve atuação política destacada na oposição ao regime militar, quando foi deputado federal. É presidente da Comissão da Verdade, Memória e Justiça dos Jornalistas Brasileiros.

Mosteiro da filosofia

Ben-Hur Demeneck

Quando o jovem gosta muito de filosofia, os pais começam a se preocupar. Se pensar em dar aulas ou tornar-se um pesquisador do assunto, vem gente até de debaixo da terra para lhe desacreditar. Logo ele, o sujeito que teria um futuro brilhante, que seria fonte de empréstimos aos menos premiados nos estudos. Quem é próximo do pensador lhe garante: não terá condições de sobreviver. Uma vida limitada pelas trevas de Platão e, ao voltar para a caverna, arriscará ser linchado pelos pares por dizer como o mundo é lá fora, onde o sol bate e aquece.

Caminhar pode não resolver a limitação prática da filosofia, mas ajuda a diminuir os conflitos do pensamento. Uma vez, fiz uma caminhada para o Mosteiro da Ressurreição. Se tivesse um cunho místico, poderia ser chamada de peregrinação, mas pouco variava das vezes em que fui à represa dos Alagados caminhando pela linha do trem. O que me chamava a atenção era que, em mosteiros, as pessoas liam filosofia o quanto quisessem. Diariamente, depois de cantar no coral.

Na época, muitos amigos meus pensavam em se tornar hippies, caso o chamado "sucesso" não fosse alcançado. A turma ainda vivia dos estertores da Era de Aquário e se refrescava no balanço da onda de que "um outro mundo era possível". Francisco pensava diferente. Ele coçava a cabeça e resumia sua reflexão, mantendo o jeito distraído de sempre:

— Por que não se tornar um monge?

Eu aceitava a provocação e a devolvia:

— Beneditino ou franciscano?

Tudo planejado em prol de uma vida plena de ideias. Era um plano B. Na clausura se poderia viver de filosofia. E sem se preocupar com o pão nosso de cada dia. E à noite, feliz com as reflexões, dormir muito bem. Descansar serena e prolongadamente, feito um padre. Duro mesmo seria manter os votos. Mas quem sabe fosse tempo suficiente para ler alguma obra de Kant enquanto sobrasse resistência, afinal, ele era uma inspiração para quem mantinha a castidade para fins filosóficos. O problema era ser aceito na comunidade.

Ao chegar ao recanto, passamos na loja do mosteiro, depois guardamos lugar para a cerimônia de domingo. Francisco e eu vimos dois rapazes que pareciam noviços e fomos ter com eles perto de uma cerca viva. No entanto, os enclausurados demonstraram total falta de jeito para o intercâmbio.

Uma decepção. Nós nos apresentamos, mas eles não paravam de trocar olhares. Ao dizermos o que estudávamos – um Jornalismo e o outro Direito –, pareceu que uma bomba de gás lacrimogêneo tinha estourado entre as sandálias dos frades. Foi triste vê-los levantarem as bordas do hábito e se mandarem. O gesto, depois entendi, foi para não pisarem na barra da saia, digo, do hábito, e caírem entre os arbustos.

Minha filosofia perdia para o mundo dos fatos. Deu a impressão de que representávamos o que havia de mais mundano no campo dos pensamentos. Parecia que éramos os grandes responsáveis pela separação de Estado e Igreja – o que era um pouco verdade, se a gente pensar bem.

Passada a celebração, ficou a imagem de que eles cantam muito bem e de que era preciso paciência para cultivar a afinação do lugar, ou nada feito. A caminhança foi importante pelo que nos deixou entrever: éramos (e somos) sujeitos desregrados demais para os padrões monásticos. No fim de toda a jornada, o jeito foi pegar uma carona numa Kombi que levava verduras de um sítio para a cidade. Não sem antes passar pela estrada de terra que liga a abadia à BR-376. Desse momento em diante, reforcei o costume de jogar mais com cavalos do que com bispos nas partidas de xadrez. Foi o melhor para todo mundo.

Ben-Hur Demeneck publicou, em 2013, *PG de A a Z & outras crônicas* (Todapalavra Editora), livro escrito dentro da tradição brasileira do mais brasileiro dos gêneros, a crônica. Nascido em 1981, em Cascavel-PR, é doutorando em Ciências da Comunicação na Escola de Comunicações e Artes da Universidade de São Paulo (ECA-USP).

O armário 29

Betty Vidigal

Em casa tínhamos dois armários numerados: o 29 e o 57.

No armário 29 ficava a roupa de cama e mesa, peças especiais, linhos, bordados – aquelas coisas que a gente usa só de vez em quando. Ficavam também preciosidades que mamãe bordava e guardava para o enxoval das filhas e, numa prateleira à altura dos olhos, o "estoque" de presentes: objetos interessantes em embalagens tentadoras para se presentear alguém caso surgisse uma festa inesperada, uma comemoração que tivesse ficado esquecida, um amigo que chegasse de surpresa ao Brasil. E ainda a louça que se reserva para os dias de festa, acompanhada de cristais e prataria. No alto, os enfeites de Natal. Sim, era um armário grande. No armário 57 ficavam as roupas que a gente quase não usa; vestidos longos, um smoking do papai, mantôs pesados, fantasias diversas: índio, odalisca, cigana, pirata.

Para nós, aqueles números eram os nomes dos armários, nem pensávamos no seu significado. Mas gente de fora sempre se espantava ao ouvir mamãe dizer à copeira:

— Está no armário 29.

O visitante estranhava:

— Vinte e nove?! Quantos armários têm na sua casa?

— Numerados só dois: o 29 e o 57.

Parecia pura e simples maluquice, mas a explicação era singela: as chaves dos dois armários tinham esses números gravados no metal. Provavelmente, a referência ao modelo da fechadura...

Conto isso porque, na semana passada, minha irmã esteve em São Paulo procurando apartamento para alugar para o filho dela, que vem estudar aqui. Dependendo de uma decisão que não dependia dele – se teria ou não que fazer serviço militar –, ele acabou perdendo as possíveis vagas em apartamentos alugados em conjunto por amigos. Estava difícil encontrar algo adequado na região ideal, onde há muitas faculdades. Aparentemente, tinham ficado vazios só os apartamentos gigantescos, que não interessam a estudantes.

Ela estava, então, parada num cruzamento, esperando o sinal verde, meio exasperada com a falta de opções, quando uma senhora que parecia a mamãe atravessou a faixa de pedestres à sua frente. Minha irmã viu naquilo um sinal. A partir daquele momento, ficou tranquila. Pensou: "Minha mãe vai achar esse apartamento para mim".

— Mas parecida com a mamãe em que fase da vida? — perguntei.

Ela foi uma linda morena de olhos verdes que um dia se transformou numa linda loira de olhos verdes. Até que adoeceu e continuou sendo uma linda senhora de olhos verdes, mas ficou diferente no jeito de andar, de se levar pela vida.

Minha irmã disse:

— Era uma senhora que devia ter a idade que mamãe teria hoje, do jeito que ela seria se não tivesse ficado doente.

No mesmo dia, ela encontrou o que procurava. Dois quartos espaçosos, numa rua onde há "boa segurança" – dentro do contexto que a palavra *segurança* adquiriu hoje. Ela estava examinando o lugar com o marido, quando viu pendurada na porta entreaberta de um dos armários uma chave que lhe lembrou as de nossa casa.

"Parece a chave do armário 29", pensou.

Pegou e chave e – claro – lá estava o número, gravado em baixo relevo: 29. Tortinho, com os dois algarismos fora de alinhamento, bem como os do nosso armário. O marido dela não precisou de outros argumentos para se convencer de que aquele era o melhor apartamento para o filho deles... Também tem a certeza de que, esteja onde estiver, a avó zela pelos netos.

Isso foi no mês passado.

Acontece que na mesma época eu tinha acabado de encontrar, também, uma casinha para a minha caçula alugar com seus três sócios, para montar um escritório. Para o quarteto, um cômodo com banheiro bastaria – mas tinha que ter quintal. Eles precisam de área externa para construir as peças que inventam. São designers, recém-formados em Desenho Industrial (é minha segunda filha a se formar nisso). Os garotos não queriam gastar muito: no máximo seiscentos reais de aluguel. Todos diziam a eles que por esse preço só conseguiriam barraco em favela, mas eles estavam otimistas. Saíram daqui para olhar casas na Vila Madalena, certos de que encontrariam a casa ideal, e voltaram desanimados. Tudo que viram, dos anúncios promissores escolhidos, estava caindo aos pedaços, ou ficava nos fundos de uma oficina mecânica, em rua sem iluminação.

No dia seguinte, parei por acaso num supermercado aonde fazia uns cinco anos que não ia. Por acaso, na hora de sair, peguei o jornalzinho do bairro. Por acaso, li os anúncios de imóveis. E, por acaso, vi aquele anunciozinho minúsculo de uma casa de "quarto, sala, cozinha e banheiro" para alugar por quinhentos e oitenta. Mostrei o anúncio para os garotos que, a essa altura, escaldados pela experiência da véspera, não se entusiasmaram. Decidi ir eu mesma ver a casinha.

Achei que ia cair numa dessas ruas da Vila Sônia que tem borracharia, boteco, bilhar. Em vez disso, dei com uma ruinha espaçosa, só com "casas de gente", pequenas e bonitinhas, com crianças de mochila nas costas chegando do colégio em grupos. A casa do anúncio era inacreditável: uns cinco metros de frente, jardinzinho, toda reformada e pintada, janelas novas brilhando com o sol, gradezinhas brancas nas janelas – que isto é São Paulo, minha gente, sem grade, não dá.

Parecia uma casa de boneca feita para designers: sem telhado, só com laje, com uma varandinha na frente e três colunas – uma vermelha, uma azul e uma amarela! Perfeita.

Liguei de lá mesmo para a garotada, que foi ver a casa. Quando o dono, o seu Jaime, um senhor de cabelos brancos que morou lá a *vida toda*, até agora, mostrou orgulhoso o imóvel, vimos que o porão tem tudo o que há no térreo, mas sem portas nem janelas; perfeito para os estoques de madeira, vidro e metal. E mais: um quintal com churrasqueira, casa de cachorro e tanque. As crianças já estão trabalhando lá; na sexta inauguraram a casa para os amigos, com um churrasco.

Mas, no dia em que minha irmã esteve aqui, o contrato ainda não tinha sido assinado, faltavam alguns documentos. Contei a ela a epopeia da casinha e lhe disse, eu, a cética:

— Tá vendo? Se mamãe tivesse passado na minha frente, eu acharia que foi ela quem encontrou a casa...

— Vai ver que passou e você não viu...

Rimos, porque essa é uma brincadeira usual nossa: eu tentando provar que ela atribui a forças sobrenaturais coisas que acontecem por acaso, e ela tentando me convencer de que coisas que acho que são mero acaso devem-se a forças do além.

Pois bem: no dia seguinte, minha filha foi assinar o contrato da casinha. Quando voltou, com a chave triunfantemente na mão, me disse, rindo:

— Mamãe... Olha o número da chave!

Então. Era 29.

Betty Vidigal é paulista, com formação em Física, Design e Jornalismo. Tem seis títulos publicados no Brasil, dos quais dois são livros de contos: *Posto de observação – contos para happy-hour* e *Triângulos* – este último contemplado com o Programa de Ação Cultural do Estado de São Paulo (ProAc), em 2008. Tem obras publicadas também em Portugal e na Argentina. Seu livro de estreia, *Eu e a vela*, consta no *Webster's Timeline History* (1503-1973) como um dos marcos do ano de 1965. Integra a diretoria da UBE desde o ano 2000.

O autógrafo

Caio Porfírio Carneiro

Há alguns anos, um admirador das letras, residente aqui na capital, com quem tive apenas encontros casuais, pediu-me um livro meu de presente, porque já lera livros meus de empréstimo. Cobriu-me de elogios. Naturalmente, sensibilizado, dei-lhe um exemplar da minha reunião de contos *Os meninos e o agreste*, editado em 1969, pela antiga editora Quatro Artes. Saiu uma segunda edição pela mesma editora, em convênio com o Instituto Nacional do Livro. Ganhei com ele o Prêmio Afonso Arinos, da Academia Brasileira de Letras, e a Menção Honrosa do Prêmio Governador do Estado de São Paulo. Acreditei, portanto, ter dado ao meu admirador um belo presente. Exemplar da primeira edição, de apresentação gráfica melhor do que a segunda.

Nunca mais o encontrei e os anos correram...

Pois um dia entrei numa loja de livros usados – um sebo – não distante da minha casa. Corri o acervo, levado pela curiosidade. E encontrei, no meio de tantos outros livros, um de minha autoria, amarfanhado, meio descosturado e sujo. Folheei-o e vi, surpreso, que era o exemplar que dei ao meu admirador. Lá estava a dedicatória amiga e gentil. Vendeu ele o livro e não tirou a página em branco com a dedicatória. Comprei-o por "meia pataca" e o trouxe para guardá-lo comigo.

Lembrei-me, porém, o que fizera o escritor e acadêmico Fernando Góes em fato semelhante acontecido com ele, com um livro dado a um amigo. Pensei comigo: vou fazer o mesmo.

Comportei-me da mesma maneira. Limpei o livro, ajeitei-o o melhor que pude com fita durex, e escrevi embaixo da minha dedicatória antiga outra dedicatória: "Para fulano (não vou dizer o nome), oferece mais uma vez o Caio Porfírio Carneiro". Grifei e destaquei, com tinta vermelho vivo, a expressão "mais uma vez".

Descobri o endereço e remeti o livro pelo correio, registrado.

Até agora permanece o silêncio. Não houve devolução do correio. E vários meses já se passaram... Pode?

Caio Porfírio Carneiro é cearense de Fortaleza, contista, romancista e memorialista. Faz parte da diretoria da UBE desde 1963. Sua obra já foi traduzida para diversas línguas, e ele já recebeu diversos prêmios literários, entre eles o Jabuti, e o Prêmio Afonso Arinos, concedido pela Academia Brasileira de Letras (ABL). É colaborador de diversas revistas e suplementos literários.

É difícil ser um judeu

Carlos Frydman

Faltavam quinze dias para a antevéspera de Pessach (a Páscoa judaica, a Festa da Liberdade). Em todos os lares judeus já reinava uma euforia para que o Seder (ordem, celebração familiar das duas primeiras noites da Páscoa judaica) transcorresse sem omissões, segundo o Hagadá (nome dado ao livro que contém narrativas do Êxodo do Egito). Mas não era bem assim que o Pessach estava transcorrendo para Méndele. É preciso dizer que este nome era decorrência do amor que seu pai devotava à cultura ídiche, uma homenagem ao escritor Méndele Moher Sforim, avô da literatura do povo hebreu. Mas este nosso Méndele, cidadão comum, viúvo há três anos, beirando os oitenta e cinco anos com vigor excepcional, continuou morando sozinho no mesmo apartamento onde vivera por cinco décadas com sua falecida, e rejeitava qualquer ajuda nos afazeres domésticos. Porém, quando a solidão passou a maltratá-lo, precipitando alguns laivos de senilidade, e ao perceber seus sintomas, teve de aceitar a presença de uma governanta. Quando a tal governanta se apresentou, trouxe consigo uma luminosidade que tomou conta do apartamento e do coração de Méndele. Era dona de um sorriso tão espontâneo e atraente que enxotou a solidão como uma magia inexpugnável. Esta mulher já completara sessenta anos, mas tinha uma postura física de cinquenta. Nosso velho examinou-a da cabeça aos pés, sem disfarçar seu estarrecimento ante aquela encantadora figura.

— Eu sou a Maria que seus filhos contrataram para cuidar do senhor. Mas vejo que não se trata de um homem acabado como me disseram.

— Então a senhora vai ficar comigo? Que bom — respondeu ele por ela, gaguejando.

E assim estabeleceu-se uma empatia avassaladora. Ainda dominado pelo maravilhamento, Méndele conseguiu balbuciar:

— A senhora sabe cozinhar?

— Todos gostam dos meus pratos — respondeu Maria, segura de si.

Passaram-se catorze dias de envolvimentos irrefreáveis, alegres como de dois adolescentes: lua de mel inesperada sem teias convencionais, em que os afagos compensavam o sexo meio adormecido.

Enquanto o Pessach se aproximava, Méndele qualificava aqueles dias, transmitindo ensinamentos sobre a efeméride e outros assuntos saboreados entre muitos carinhos.

— Maria — disse repentinamente o velho —, vamos casar? Não podemos mais viver separados. Vou falar com o rabino, ele te converte e assim meus filhos vão te aceitar na família.

Maria gostou da ideia e sorriu assentindo.

— Rabino, iniciou Méndele. — Faz três anos que estou viúvo e não suporto mais a solidão. Quero casar.

— Ótimo — respondeu o rabino. — O Talmude diz que um homem viver sozinho não é normal. Temos muitas senhoras que estão na sua situação e também precisam de um companheiro.

— Mas, rabino, eu já tenho uma escolhida que amo muito. Ela é linda, sabe cozinhar e, inclusive, alguns pratos que a ensinei a fazer têm um sabor idêntico aos pratos da minha falecida. Estamos preparando o Pessach. Não nos esquecemos de nada: o osso queimado, o ovo cozido e também queimado, as maçãs raladas com nozes moídas, o vinho tinto e o cálice para Elias, tudo feito com o cuidado para garantir o cashrut (preceitos para purificação dos alimentos). Já estamos comendo o pão ázimo. Até parece que a Maria vem de longa tradição judaica. Rabino, até o beijo dela tem gosto de zalts-vasser (água salgada). Seu cheiro...

Repentinamente foi interrompido. O rabino explodiu em berros aterradores:

— Chega! Seu desavergonhado. Você precisa ter um mínimo de respeito por mim! Sou seu rabino! Não me interessam suas intimidades! Além do mais, essa mulher não é judia...

Méndele foi tomado de um choro convulsivo que, de imediato, abalou o coração do rabino, penalizado com a reação de Méndele e recriminando-se por sua conduta explosiva. Passou a mão na cabeça do ancião que ainda chorava.

— Méndele, por acaso ela se converteria ao judaísmo? Vocês já pensaram nisso?

— Já pensamos e ela concorda — respondeu entre soluços.

— Então, está tudo resolvido.

— Não, rabino! Não está! Uma das cinco filhas dela é beata. E ela fez uma ameaça: se a mãe se tornar uma convertida à nossa religião, haverá dois cadáveres, o meu e o da mãe dela, Maria.

O rabino coçou a cabeça e tentou persuadi-lo à desistência:

— Méndele, por que você não sai desse emaranhado? Faça uma viagem, passe a frequentar mais as nossas sociedades, os grupos da terceira idade que existem em todas as sinagogas. O que você acha disso?

— Eu acho, rabino, que es is schver tzu zain a id (é difícil ser um judeu).

Carlos Frydman nasceu em Varsóvia, Polônia, em 15 de novembro de 1924. Sua naturalização foi concedida em 1948, sob o aval do então presidente da República, general Eurico Gaspar Dutra. Diplomado em Ciências Contábeis, foi aluno ouvinte de Sociologia na Faculdade Álvares Penteado. Em 1956 viajou pela Europa com os componentes do Teatro Popular Brasileiro e seu diretor, o poeta Solano Trindade. Em 1959 morou e trabalhou na China por três anos e meio na condição de tradutor e locutor na Rádio Pequim, onde lecionou português.

Memória in/em glória da avenida São João

Cícero da Mata

"Alguma coisa acontece em meu coração
Que só quando cruza a Ipiranga e a avenida São João."
(Caetano Veloso, "Sampa")

Desci a praça Antônio Prado contente com o tratamento dado ao entorno. No lugar de um amontoado de caixas de engraxate, botaram uma engraxataria num quiosque moderno em estilo antigo. Os paulistanos, chegados que são numa desculpa qualquer para um descanso, encontram ali um ótimo pretexto para uma parada e para lustrar o sapato. Ao cruzar o Anhangabaú, deparo admirado com o parque ali instalado. Uma beleza! A praça do Correio ficou ligada à praça Ramos de Azevedo por uma esplanada e livre de carros. Subo um pouco mais, esperançoso para rever o largo do Paissandu, recanto boêmio da Cinelândia paulista. À medida que vou chegando, o contentamento vai se esvaindo e dando lugar à decepção. Não há mais boemia alguma por ali. A degradação se expõe em todos os cantos do largo: um bando de prostitutas ocupa a pracinha; barracas e camelôs ocupam as ruas; roqueiros e hippies pé de chinelo tomaram a avenida. O Cine Art-Palácio foi transformado em salas de cinema de sexo explícito. Tudo isso envolto por uma zona comercial de baixo nível. Só restou – incrustado ali, resistindo não se sabe por quanto tempo – o Ponto Chic, com seu velho Bauru. Prossigo pela avenida com a calçada alargada e transformada numa extensão do largo. A degradação segue o alargamento. Ao chegar à Ipiranga, vagueio de um lado para o outro e me espanto com uma dúzia de grandes prédios lacrados e outros transformados em garagens. Parece uma zona em ruínas. Um trânsito de carros e gente toma todo o espaço, fazendo daquilo apenas um lugar de passagem, e rápido, pois pode ser perigoso. Restou apenas o Bar Brahma, que sabiamente avançou na calçada, mas perdeu muito de seu antigo encanto. Nesse instante meu coração já combalido não aguenta mais e evoca a canção de Caetano Veloso. Exausto, não tanto pela caminhada, preciso de um descanso para a mente. Basta seguir um pouco mais e sentarei naqueles bancos da praça Júlio Mesquita, ao lado da fonte d'água, embaixo de uma árvore. Foi a segunda decepção: a fonte não funciona, os bancos sujos ou quebrados, as árvores escassas, a "zona" achou seu centro. Por sorte encontrei o Moraes ainda lá, também resistindo. Comi seu filé com alho e descansei um pouco ali mesmo, dentro do restaurante. Ficar na praça seria uma temeridade. Prosseguindo mais um pouco, cruzo com a Duque de Caxias e tenho a terceira decepção. Encontro um monstrengo invadindo e tomando toda a avenida de lado a lado, o tal do Minhocão. A enorme serpente de concreto cobriu o passeio público e abriu um albergue de mendigos e vagabundos em seu lugar. Fiquei com medo de entrar naquele "cortiço" lúgubre e sujo. Como chegar à praça Marechal Deodoro? Coragem! Pressinto, pelo andar da carruagem, uma quarta decepção. Onde já se viu cobrir uma praça como aquela com uma avenida elevada de mão dupla e trânsito intenso? Fico sabendo que a serpente não acabou apenas com parte da São João. Engoliu também a rua Amaral Gurgel, e boa parte do tradicional bairro de Santa Cecília. Um estrago e tanto ao Centro da cidade. Depois de tanta decepção, resta ainda uma esperança de salvação daquela parte do Centro. Informaram-me que aquela aberração da arquitetura urbana vem sendo denunciada há tempos, e sua demolição já se constituiu em projeto apresentado pela Prefeitura. No entanto agentes do mercado imobiliário estimam que, se isso ocorrer, não será antes de 2025. Gostaria muito de estar vivo até lá! Não poderia ser antes?

Cícero da Mata é da década de 1930, criado no agreste pernambucano até 1945, quando passou a viver em São Paulo. Retornou à terra natal em 1959. O relato acima é fruto de uma visita a São Paulo em janeiro de 2014, aos 84 anos.

Na sala, com o doutor

Daniel Pereira

O Sócrates é invendável, inegociável e imprestável. O cartola que tascou essa pérola lá pelo começo dos anos 80 (recusando proposta do futebol francês para o novo ídolo corintiano) é aquele mesmo que agradeceu a Antarctica pelas Brahminhas que ganhou numa festa do clube.

Diz a lenda que o inefável Vicente Matheus era um brucutu semianalfabeto. Há controvérsias. Uma versão propalada por colunistas esportivos atribuía ao então presidente do Corinthians certo grau de esperteza, dando a entender que suas mancadas e gafes eram proposital, para ganhar espaço na mídia.

Vi Matheus umas três vezes, se tanto. Era, sim, um cara intuitivo. Gostava de holofotes, a favor. Pelo sim, pelo não, no caso das brejas ele poderia (na devida proporção) ter se consagrado como o McLuhan da Marginal, endereço da sede do clube – afinal, hoje, Brahminhas e Antarcticas são cevadas do mesmo saco.

Tudo bem. Especular o passado só serve para a história, costumava dizer Sócrates, o último filósofo e revolucionário do futebol brasileiro – falo das Diretas Já e da consciência política dele, retratada, para ficar em apenas um caso, no episódio da Democracia Corintiana, do qual foi um dos líderes.

O ser socrático é paradoxal por natureza. O cidadão Sócrates Brasileiro revelado no Botafogo de Ribeirão Preto era um sujeito tímido e foi assim até a transição para a fama, depois que chegou ao Corinthians. Não sei nem me cabe julgar se ele precisava beber para ficar inspirado e extravasar sua genial oralidade. Ele gostava. Ponto. Já o jogador de futebol, varapau longilíneo, antítese de atleta, precisava evitar o contato físico com o adversário. Não sendo atleta na acepção do termo, qual seria o diferencial técnico – porque inteligência lhe sobrava – que o elevaria à condição de craque de futebol no meio das feras de sua época? Como só aos gênios é permitido inventar, ele mostrou ao mundo que o calcanhar não poderia ficar conhecido apenas como o ponto fraco de Aquiles, o herói grego da *Ilíada*. De forma que os da geração dele simplesmente conheceram o Calcanhar de Sócrates, até porque ele é personagem real, do nosso tempo, enquanto Aquiles...

Quem porá a mão no fogo por ele?

Tempus fugit, a bola parou, o boleiro cansou e Sócrates saiu das páginas do noticiário esportivo/político para uma sala de UTI. Entrou, saiu, recaiu, voltou, hibernou e continuou vivinho da silva, para contrariar aqueles que já haviam encomendado seu paletó de madeira. Típico dele. Não, ninguém fecharia o seu esquife antes da hora. Não haveria *maktub* antecipado, até porque ele mesmo, em 1983, já houvera decidido como e quando gostaria de se escafeder: "Quero morrer em um domingo, num dia em que o Corinthians for Campeão!".

Permitam, pois, que eu me "inclua fora" desse time de malsinados para revelar facetas do "outro lado" do personagem – nada a ver com muitas das bisbilhotices publicadas pela imprensa marrom. São duas ou três estorinhas que tive o privilégio de dividir com o Magrão em priscas eras. Por exemplo: o Sócrates cantador/compositor, apaixonado pela música de raízes. Em 1980 ele foi convidado a gravar um disco. Não cantava nada, mas intuiu, e foi convencido disso, que o sacrifício ajudaria a combater o preconceito contra a música sertaneja. O repertório teria doze clássicos da música caipira e o disco ganhou o título de Casa de Caboclo.

O lançamento do bolachão de vinil, capa vermelha, foi um sucesso. Pelo menos a cobertura da imprensa, nos estúdios da RCA. Da gravadora, fomos almoçar no Rodeio, badalado restaurante da época, nos Jardins. Algumas picanhas, caipirinhas e cervejas depois, ficamos à mesa apenas o Magrão, Osmar Santos, Osmar Zan, competente produtor musical da RCA, e eu. Fim de papo, cada um para seu lado. Eu já estava na rua, esperando o táxi, o Sócrates saía do estacionamento no seu Fiat 147 verde – não lembro se a torcida do Corinthians pegou no pé dele por isso.

— Vai pra onde? Entra aí. — Ponderei o inconveniente, mão de obra, perda de tempo, coisa e lousa. Ele insistiu e lá fomos nós, embalados pela euforia natural das brejas, papo aberto de dois caipiras na cidade grande desafiando o trânsito caótico da Consolação rumo ao viaduto da rua Major Quedinho, perto do Anhangabaú. O Estadão, onde eu trabalhava, já havia transferido sua sede para o bairro do Limão, mas eu continuava morando no prédio ao lado. Das conversas entre o lançamento do disco, o almoço no Rodeio e o trajeto até o Centro da cidade, filhos pra lá, filhas pra cá, estabeleceu-se uma relação honesta e confiável. Não ficamos amigos íntimos. Nem haveria por quê.

Algum tempo depois, o jornalista Claudir Franciatto estava lançando uma revista literária e o Sócrates nos deu uma bela entrevista – filosofia pura, zero de futebol.

Voltei a falar com ele em janeiro de 1990, ano da Copa do Mundo da Itália. Aposentado fresquinho, com experiência no futebol da Bota (o tal do cálcio, na Itália), seria o comentarista ideal da rede de notícias que a agência Comunic (de Cláudio Amaral) estava montando para cobrir a Copa e abastecer jornais e rádios Brasil afora. Pelo telefone, brifei. Ele gostou.

—Vem pra Ribeirão. Vamos conversar.

Fui. Na ampla e aconchegante sala do apartamento, ele, eu, e, a nos contemplar, sacanamente convidativo, um enorme freezer abarrotado de cervejas da Antarctica. Minutos depois chegou o irmão Sóstenes, que também queria ser cantor e até mostrou uma demozinho com suas composições. Aí, sim, crianças, eu vi, de fato, quem era aquele caboclo desengonçado que falava e bebia comigo como se morasse e estivesse no terreiro de sua casa de chão batido lá nos cafundós do Pará.

Claro, atualizamos nossos currículos vitais e alegremente, como dois escoteiros em férias, molhamos todas as palavras a que tínhamos direito. Moderadamente, até o fim, como convém aos empertigados bebedores sociais. Ele não pôde aceitar a proposta que eu levara – entre o telefonema e a minha chegada, surgiu outra melhor. Suspeito que ele já sabia disso. Poderia ter saído de lá com a melhor história da vida e da obra daquele sujeito diferenciado e privilegiado, mas tão simples como qualquer outro na multidão e, naturalmente, tão contraditório quanto um socrático deve ser. Não o fiz. Não me arrependo. Nunca mais cruzei pessoalmente com ele. Esperava vê-lo no Congresso Brasileiro de Escritores que foi realizado em Ribeirão Preto, entre 12 e 15 de novembro de 2011. Não o vi. Ele já se debatia numa luta desigual com a Veneranda. Impressionou-me, porém, o carinho que as pessoas dedicavam ao Magrão, o ausente sempre onipresente nos acalentados proseios do Pinguim entre os amigos Edwaldo Arantes, Nando Antunes (irmão do Zico que se apaixonou por Ribeirão Preto e não sai de lá), Sérgio Lago e Fernando Kaxassa – esses, sim, privilegiados por terem bebido (literalmente) na fonte e guardado para a posteridade outras histórias reveladoras do caráter e do ser humano que ele foi. Quanto ao disco que ele gravou, não sei que fim levou. Mas sei que, naquela tarde regada a cerveja e papos da mais alta qualidade, o doutor Sócrates mais do que abriu o freezer de sua sala. Ele escancarou o livro de sua vida e hoje posso ver, claramente, da arquibancada, o tanto de páginas que ficaram em branco, indicando o quão prematura foi a sua saída de cena. Mesmo que tenha partido para uma viagem sem volta, Sócrates cumpriu fielmente o ensinamento do filósofo grego que foi a inspiração do seu nome, e deixou para sempre, na memória da saudade, o epíteto que talvez seja o que melhor define quem ele foi, o que fez e por que fez: "A vida não perscrutada não vale a pena".

Daniel Pereira é jornalista, assessor de Imprensa do Memorial da América Latina e diretor de Comunicação da UBE/SP.

O claro enigma da Duas Cidades

Decio Zylbersztajn

Se o livro impresso realmente desaparecer, como se cogita, ficarei órfão da minha pequena biblioteca. Talvez outros compartilhem semelhante sentimento de orfandade. Se ocorrer o desaparecimento do livro impresso, futuras gerações não mais poderão perder agradavelmente o seu tempo a limpar livros, o que lhes roubará a chance de ter surpresas como a que me ocorreu hoje. Entre uma espanada[1] e outra, para tirar o pó das estantes, encontrei os livros da coleção Claro Enigma, cuidadosamente editados pela Duas Cidades nos anos 80, cada volume protegido por uma sobrecapa de plástico com acabamento esmerado. Os livros, cada qual com a dedicatória do autor, me causaram a grata sensação de ler as mensagens recebidas de José Paulo Paes, Orides Fontela, Alcides Villaça, João Moura Jr., entre outros. A minha mente rapidamente me levou até

---

[1] O espanador é um objeto formado por um cabo ao qual se prendem penas de aves, que serve para remover o pó dos objetos. Acho que caiu em desuso.

a rua Bento Freitas, número 158, em São Paulo, outrora o endereço da Livraria Duas Cidades, que eu visitava com regularidade nas paulistanas manhãs de sábado.

A livraria tinha três elementos fundamentais que me atraíam. Primeiro os livros de qualidade, que refletiam a preferência humanista do seu fundador e dos frequentadores. Segundo, uma mesa ao fundo, ao redor da qual se acomodavam pessoas interessantes, algumas que eu desconhecia, e que invariavelmente me diziam algo que sugeria uma identidade comum. Terceiro, a presença suave de Maria Antônia, que preenchia o ambiente indicando livros, encontrando ou encomendando aquele que eu desejava, separando um livro infantil para o meu filho, e me dando o desconto solicitado. Para mim, a Duas Cidades era formada pelos três pilares – uma mesa democrática, bons livros e Maria Antônia –, todos elementos profundamente humanos, que tornavam felizes as manhãs dos meus sábados.

A livraria fora fundada por José Petronilo Benevenuto de Santa Cruz no início da década de 50, e trazia uma intenção no seu nome. As duas cidades estavam significadas no logo escolhido; duas torres sobrepostas a indicar a cidade celestial e a terrestre. Como editora, a Duas Cidades produziu livros importantes, abriu espaços para a poesia, como exemplifica a coleção Claro Enigma. Editar poesia, hoje ou nos anos 80, é um ato de coragem. E coragem não faltou ao Frei Benevenuto e nem à Maria Antônia, que nos anos de chumbo abrigaram muitos que sonhavam com a liberdade perdida, como Frei Fernando e outros nomes de intelectuais que pediam por um país livre, educado e cheio de livros. Talvez um sonho parecido com aquele que Baleia teve em *Vidas secas*, de Graciliano Ramos, quando, esfomeada, imaginou muitos preás gordos ao seu redor. Quanta felicidade haveria em um mundo cheio de preás e de livros. Nascida como uma livraria, a Duas Cidades tornou-se naturalmente uma instituição, um polo cultural, um ponto de encontro irradiador de ideias. Ao longo de décadas frequentei seus espaços. As noites de autógrafos da coleção Claro Enigma reforçaram o meu gosto pela poesia. Recordo-me – de modo particular – de Orides Fontela, a refinada escritora maldita que vivia à margem, cuja luta poética "resulta na possibilidade de transformar a vida em palavra", como dela já falou Antonio Candido. Já nos anos 2000, eu visitava a Duas Cidades acompanhado pelo meu filho Breno que, agora adulto, me confidenciou ter guardado na sua memória de infância as visitas feitas à livraria. Depois seguíamos para a loja da Aerobrás, onde ficávamos a namorar os aeromodelos, e para a loja Aquários Brasil, onde podíamos ver os peixes coloridos nos mil aquários borbulhantes.

Não seriam nem a ditadura, nem a proximidade com a rua Aurora – presente na memória de gerações de paulistanos, com os cines, as produtoras de filmes pornôs e as atividades correlatas –, nem o pequeno mercado brasileiro de livros, reflexo do país com educação precária, que iriam ferir de morte a livraria. O tiro fatal veio em 2006, fruto da decadência, da desocupação do Centro da cidade e do pouco caso com o espaço urbano compartilhado. No lugar das ruas frequentadas pelos cidadãos, tão fundamentais para a vida urbana como explora Antonio Risério, surgiram os espaços fechados dos shoppings centers. Os lugares dando lugar aos não lugares, como definiu Marc Augé. A cada visita que eu fazia ao espaço da livraria, ouvia queixas de Maria Antônia, sem ter como dar-lhe algum alento. Certa feita ela se debatia com a Prefeitura pelo direito de plantar algumas árvores na calçada, para melhorar o ambiente, já árido, da rua Bento Freitas. Sem sucesso. Ao fim de longo processo, a decisão pelo encerramento das atividades foi inevitável. A decisão tomada veio a público com o anúncio, para mim sofrido, de uma liquidação do acervo de livros. Covarde, preferi não assistir a esta cena.

Li várias crônicas sobre o episódio do encerramento das atividades da livraria, escritas por pessoas que experimentaram as mesmas sensações que eu tive.

As cidades mudam e eu já me acostumara à falta daquele espaço para as manhãs dos sábados. A mesa ao fundo da livraria passou a ocupar apenas algum local na minha mente. Passei a comprar livros pela internet e cheguei até mesmo a baixar alguns textos via e-book. A vida seguiria o seu curso, estava convencido. Até que um dia desembarquei na estação do Metrô da praça da Sé, a caminho da Faculdade de Direito do Largo São Francisco. Quando avistei a Livraria da Unesp, resolvi entrar. Afinal de contas, uma livraria sempre tem algo que pode interessar. Rodei pelas prateleiras e me lembrei de um livro que buscava. Quem sabe? Fui até o balcão para pedir informação sobre a obra. Chamei por uma senhora dentro do balcão que, de costas para mim, atendia ao telefone. Ela se virou e olhou na minha direção. Reconheci Maria Antônia.

Estava feliz em meio aos livros que representam a sua vida. Trocamos algumas palavras e ela perguntou pelo meu filho.

Hoje voltei à praça da Sé, onde visitei Maria Antônia, na Livraria da Unesp. Fui para agradecer, presenteando-a com um exemplar do meu primeiro livro de contos, *Como são cativantes os jardins de Berlim*. Uma pequena homenagem a alguém que incorpora o papel da casa de livros. Salvar vidas, formar leitores e, quem sabe, escritores.

Há esperança.

A gráfica está pronta.

Decio Zylbersztajn nasceu em São Paulo em 1953. Estudou Agronomia na Escola Superior de Agricultura "Luiz de Queiroz" da Universidade de São Paulo (ESALQ/USP), em Piracicaba. Retornou para São Paulo e trabalhou como economista agrícola, tendo feito estudos de pós-graduação na USP, na Universidade da Carolina do Norte e em Berkeley, Califórnia, nos Estados Unidos. Foi professor visitante nas universidades da Califórnia, Wageningen (Holanda), Perúgia e Benevento (Itália). É professor titular na Faculdade de Economia, Administração e Contabilidade (FEA) da USP. Escreveu diversos livros na área da Economia Agrícola. Na ficção, estreou em 2014 com o livro de contos *Como são cativantes os jardins de Berlim*.

O passado em mutações

Fábio Lucas

A percepção cotidiana de atos e eventos prega-nos frequentemente alucinantes surpresas, sensações de júbilo ou emoções funestas, tanto alternativas quanto simultâneas. O mundo gira em veloz mutação. Como acompanhá-lo mentalmente, como analisar, com alguma autoridade e força persuasiva, os acontecimentos da órbita econômica, política, artística, científica e até mesmo esportiva? Como domar a credibilidade rasteira, em que o dogma, a opinião e a publicidade plantam suas hortas no canteiro da fé e da propaganda? Ou qualquer modelo comportamental ou relacional permanece aberto a meras especulações filosóficas?

Tive acesso a alguns governadores. Primeiro em Minas; depois em São Paulo. Sempre tentei captar o movente mundo das coisas e dos acontecimentos. As melhores lembranças promanam dos líderes Franco Montoro e Mário Covas. Sabiam distinguir as pessoas e as ideias, tinham noção das fronteiras entre o público e o privado. Não confundiam a divergência com a oposição.

Certa vez, Franco Montoro quis homenagear o médico e escritor Pedro Nava. Após anos de exercício da Medicina, em Belo Horizonte, no interior de São Paulo e no Rio de Janeiro, Nava resolveu mobilizar seu consagrado reservatório humanitário e cultural em obras de memória e reflexão. Montoro ofereceu-lhe um jantar no Palácio dos Bandeirantes e convidou, como convivas do grande intelectual, Antonio Candido e a mim. Anunciou o Prêmio Pedro Nava, a ser concedido a escritores patrícios pela Secretaria da Cultura.

Pedro Nava comparecera ao programa *Roda Viva* da TV Cultura. Fui um dos questionadores do memorialista. No dia seguinte, Nava foi entrevistado para o Museu de Artes. Lá estivemos a indagá-lo eu, Jorge Cunha Lima e Ricardo Ramos.

Naquela entrevista, talvez a última de sua vida, pois se envolveu em problemas pessoais e cometeu suicídio em logradouro próximo ao seu apartamento, no Rio, pouco tempo depois, Pedro Nava desenvolveu uma reflexão sobre o que lhe parecia constante nos derradeiros escritos.

Propusera que, mais incerto do que o *futuro*, era o *passado*. A Historiografia e a Antropologia modernas subscrevem as suas conclusões. Nava mostrou como a elucidação de uma circunstância ou a revelação de um fato guardado em sigilo podem alterar conceitos, posturas e argumentações costumeiras ou convencionais.

Para resumir: o passado não é mais do que uma narrativa exposta a um público determinado, regido por um certo volume de informações. Alterado o clima da época, mudado o horizonte de expectativas, o relato do passado, mormente como fonte de exemplos, não passaria de um texto móbil, dependente do leitor, elevado à categoria de intérprete. De fora ficam, naturalmente, as apressadas conclusões éticas, assim como as providências repressivas, bem assim, conforme o caso, apologéticas. Nava não falou, mas a gente acrescenta: o futuro tem sido objeto de controle através dos planejamentos centralizados, que excluem as opções individuais.

Fábio Lucas é mineiro de Esmeraldas, crítico, ensaísta, tradutor e ficcionista, autor de mais de cinquenta obras publicadas. Recebeu diversos prêmios, entre eles o Jabuti. Recebeu o Troféu Juca Pato – Intelectual do ano, em 1992. Professor de literatura em diversas universidades brasileiras, estadunidenses e portuguesas. Por diversas vezes integrou as comissões julgadoras dos mais importantes prêmios literários do país. Foi presidente da UBE por dois mandatos. É membro das academias de letras de Minas Gerais e de São Paulo.

A carta de curta distância

Fernando Coelho

O que me aproxima de mim, tecendo sentimentos de delicadeza com embriões de terra, é o sonho de querer voltar para o lugar onde eu nasci. Talvez, pensando assim, consegui chegar o mais próximo do que veio me incomodar tão cedo. Saio em busca de um lugar. Fora, longe de casa, dos livros, do mundo onde convivo com estranhas formas de viver.

Esta minha geografia sem mapas ou endereços de sentimentos pede que eu te escreva uma carta, em tempos ruins, em que as cartas perderam a graça. Uma carta é essencial, porque é a mão que trabalha sobre o papel e revela mais da gente. A carta, sempre, será um testamento impróprio de ambições da emoção.

Aqui desta esquina, nós dois somos sós. Tudo o que aqui passa e se cruza e eu mesmo, cruzando pelo interior das coisas vãs. Não é uma esquina qualquer. É um cruzamento devastado por tristezas, desencontros, anseios, revelações calcinadas no andar das pessoas. Ônibus, um atrás do outro. Lá dentro, os iguais. E os perfidamente diferentes.

Por mais que toda aquela gente naqueles ônibus pare em algum lugar, sempre estará em movimento, perdida num momento do mundo seco, árido, onde os nossos desertos interiores perderam a direção de um eventual oásis de esperança.

Aqui, de frente para a praia, as notícias de gente morta, assassinada por nada (neste país se mata por tudo), chegam através das bocas dos homens e mulheres que vêm tomar café amargo. Não sei se suas bocas destiladas saboreiam o que pensam dos seus destinos, de suas vidas. Dos ônibus e da fila do pão, experimento a desilusão do que as pessoas não conhecem. Não reparam em si mesmas. Atropelam-se sem dó. Tenho palavras para a tua carta, não muito mais.

Provavelmente um poema, um simples poema fosse o missionário da formação geográfica desta minha vontade cruel de te falar. Os odores nos poemas são mais fortes. A revelação no poema é mais palpável, pegajosa, também incendiária de outras vontades. Será que o poema completa a si próprio para além do poeta? E como me explicar se ele pouco disser?

Crianças de lábios roxos, quase nuas, perdem-se entre ondas pequenas no mar em frente. Sinto que não querem morrer, mas os pais, e tios, e adultos, um pouco desmemoriados do tempo e do futuro, não se importam. Não perguntaram para aquelas crianças magrelas e brancas como gansos se queriam ou não aquele mar sujo, proibido, gelado.

É um promontório onde estou. Rótula reumática do mundo. Dentro de mim, uma vaga sensação de que o meu avô, voando sem asas em minhas lembranças, me explica a vida que nunca me explicou, que nunca tive, temeroso eu mesmo de descobrir o sentido de tudo isso. É um promontório. Olho profundamente os teus olhos que nunca vi e sinto na vontade da carta. Não é mais o mar que me atravessa as narinas. É uma costura desalinhada de desencanto.

Há bancos na praia. Acostumados a esperas intermináveis. Nada aqui é perto. Nem banheiros públicos, nem sanidade, nem conforto, nem uma realidade que possa ser melhorada. Tudo isso, esta profusão maluca de causas sem efeitos, ou vice-versa do inverso, tenta me jogar fora para não escrever o que me dói na carta que tento rabiscar.

Acabei, há pouco, de ver uma mãe chorando na televisão. Na televisão a dor parece ampliada. Parece que a alma também gosta de audiência e não sabe como se comportar diante do filho perdido, do velho que se urinou de medo, do velho pai que recebeu uma facada porque não tinha dinheiro para o ladrão e foi punido com um rasgo no estômago que engoliu tantos anos.

Tem um cheiro na padaria onde estou que se mistura com o cheiro do trigo em pó, com o pó de café em pasta no fundo do coador. É um cheiro enegrecido de maconha. Jovens de bicicleta, indo e vindo para lugar algum, desempregados, sem carteira de trabalho, provavelmente sem certidão de nascimento, vagam, no desemprego do dia. Roubam para comprar maconha, uma folhinha que anda deixando médicos, filósofos, ativistas, leis, agentes da Lei, famílias, países, em profunda contemplação e em grande debate jurídico-comportamental-filosófico.

Daqui, desta esquina, estes jovens não discutem. Nunca foram a escolas. Nem participam de seminários. Apenas roubam, matam, compram maconha misturada a fezes de boi ou galinha e fumam suas fumaças intragáveis, nas quais a vida não passa.

Além do mar, ali mesmo numa delicada conversa horizontal com o que não podemos ver, não tenho muita beleza para te contar nesta carta (sei que não vou ter coragem de mandar), a não ser tentar um remendo sobre a serra, quase verde, que apuro em meus olhos numa tentativa humana de compreender que nada está perdido. Mas sei que está.

O que se refaz e se compõe em si mesmo de mais ternura nesta padaria da esquina, nesta esquina fétida de homens sem nada dentro nem fora? Não é desilusão.

É um quadro real, detalhado, humilde, com mercado que o mercantiliza, sobre a fragorosa decepção humana.

Procuro observar, nestes sacos de pão que vão pra casa de cada um, pendurados como lagartos numa fatalidade, em tragédia matinal, que ali dentro não vai nada, a não ser o pão, o simples pão, que vai sofrer a viagem de alimentar vísceras automáticas, refratárias à dinâmica do café da manhã, que se tornará tosco, apressado, sem graça. Sem açúcar. Solitário numa mesa para oito.

Ônibus, sós. Naquelas pessoas, vejo as minhas filhas estampadas. Sinto a minha neta balançando como um balão sobre montanhas ventadas. Choro o choro de uma araucária esmagada pelas alturas. Todos lá dentro, como na padaria, como dentro do pão francês, como na areia infectada da praia, com extremada cara de sono. E o sono não serve pra nada mais.

Tudo o que eu queria era te mandar uma simples e amanhecida carta. Mas pra falar de amor. Por isso saí para procurar um lugar, uma dimensão, um recanto, uma cisma lenta, tranquila, doce, não tão amarga. Não há lugar. Há nos olhos, só. No mais, um mapa atemporal da miséria humana, embriagada da ideia da guerra, dilacerada pelas epístolas das religiões sangrando os outros para catequizar, matando de fome para catequizar; dos democratas, que mandam encarcerar para ensinar; dos governos, obsedados das gentes. Aos milhares. Aos milhões.

E eu somente precisava te falar de amor. Mas não vai dar tempo. O meu ônibus não passa deste lado da rua onde as pessoas falam muito e nada. Tenho que andar no passadiço da distração. Não vai dar tempo. Aqui, a padaria, desencarnada em pedras, sujeira, pedaços de tudo pelos cantos, também está sozinha. E agora não vai dar tempo para falar de amor. Eu também estou só. Ah! Não há floriculturas perto. A primavera não deixou o seu encanto aqui. As crianças, com frio, num mar cinza, choram. É como se me dublassem.

Mesmo com os pais perto, sinto que são crianças órfãs. Como eu.

Numa madrugada de uma semana qualquer, escrevi um poema de amor que também não te mandei. Nem vou mandar mais. Mas o repito nesta carta, como uma prova de minha intenção de falar de amor. Embora secretamente. Mesmo de um jeito torto. Enfim, é assim:

O meu coração é terra. Replanto cada palavra de tua despedida. Não sei se quero cultivar os sonos daí, nem as pronúncias do meu chorar. Mas é desta semente que me crio, de novo, o mesmo que te ama, e ama sem os princípios da luz, mas com os acúmulos do que se busca nas coisas inconsoláveis. A chave que não abre. A métrica do que nunca ficou. A flor que discute com sua haste. As teias inseparáveis ofuscadas de memória. O meu coração se alimenta de lembrança. A mesma que faz o passarinho voltar. A borboleta renovar-se. O animal ferido a lamber-se ao léu. O leão a rugir no infinito de sua perdição. O meu coração, mesmo se parasse, bateria de ondas salgadas, pulsaria por ti, ou renasceria de um abismo qualquer onde, imagino, descerás de uma estalactite invertebrada de beleza. Quero que o meu coração seja terra. Pode ser removido. Nunca extinto. Porque preciso que permaneças, mesmo sem semente, meu rastro de erros, mãos esparsas de vento, espírito acarinhando os ciscos e as nervuras da saudade. Sou terra porque vomito o interior inexpugnável da pesada crosta da desimportância em minha própria cara argilosa. A terra, que me veste o peito, é o meu bloco de anotações das florestas, dos olhos d'água, dos diamantes, pulseiras dos teus olhos claros. Somente a terra pode beber, da água, a nascente e as sobras. Eu te amo. Com o mesmo pejo do orgasmo dos organismos imorredouros. E só.

Fernando Coelho é jornalista, poeta e escritor. Natural de Conceição do Almeida, Recôncavo Baiano, está em São Paulo desde fevereiro de 1966. Tem onze livros publicados pela Global e pela Aquariana, sua atual editora. Este ano, publica *O Mafro –Sob o olhar do poeta, a história do Museu Afro-Brasileiro de Salvador,* e *150 poemas de amor das seis horas da tarde.* Exerceu a função de chefe de Reportagem da TV Globo São Paulo. Criou, implantou e dirigiu as duas primeiras televisões legislativas do país: a da Assembleia Legislativa do Estado de São Paulo e a da Câmara Municipal de São Paulo. Atuou como diretor de Comunicação Social e Marketing da Secretaria de Estado do Meio Ambiente de São Paulo. Trabalhou como diretor de Promoção e Comunicação do Instituto do Patrimônio Histórico e Artístico Nacional (IPHAN). Foi diretor de Esportes da TV Cultura de São Paulo e chefe de Redação do Jornalismo da emissora. Atualmente, é o diretor geral da Companhia de Comunicação.

Cabeçalho

Gabriel Kwak

Gabriel Kwak, o único que gosta de filmes dublados. Guarda envelopes usados, gosta de acumular papéis velhos, lê furiosamente recortes de jornais amarelados e revistas antigas. Corintiano sofredor. Ex-brizolista nada arrependido. Sabe de cor quase todas as marchinhas de Carnaval. Nunca tomou ayahuasca. Acha ridículo gêmeos vestidos de maneira igual. Leva a sério o ato de escrever. Frequenta livrarias quase todos os dias, furiosamente. Abomina mulheres silenciosas. Abomina mulheres tagarelas. Nunca entendeu as mulheres. Viaja pouco por pura preguiça. Tentou ficar amigo de todas as suas ex (sem sucesso...). Gosta, ou melhor, já gostou – desmedidamente – de assistir a telenovelas. Não conseguiu gostar de jazz. A primeira seção que lê dos jornais – peças de ficção! – é o obituário. Entoa para si mesmo quase todos os dias a música de abertura do desenho *Cavalo de Fogo*. Passaria três dias inteiros, fácil, fácil, a caviar, *jamón* serrano e rosbife. Vive entre o "barato" e o "bode", numa bipolaridade nunca assumida. Quando quer, um lorde; quando quer, um cangaceiro. Chora em casamentos. Hipocondríaco. Um matuto. Um chato. Um passional, romântico de cuba-libre. Um temperamento sanguíneo. Gargalha frouxamente, até quando está deprimido, *down no high-society*. Não decifrou *A nervura do real*, de Marilena Chaui. Coleciona chapéus. Geralmente, sucumbe à quarta dose de uísque honesto. Bebe com a frequência que o calendário permite, isto é, todo dia. Não se deixa magnetizar pelo sobrenatural. Não resiste a fruta no pé. Acredita que viver é esperar o fim de semana e lutar pra vencer o tédio. Perpetrou alguma poesia prudentemente arquivada no aconchego das suas gavetas. Tem meia dúzia de [A]migos. Não suporta os discursos identitários como este.

Gabriel Kwak é jornalista e escritor. Presta serviço para editoras nas áreas de pesquisa, revisão de texto e preparação de originais. É pós-graduado em Teoria da Comunicação pela Faculdade Cásper Líbero. Tem diversos trabalhos publicados em revistas, jornais e obras coletivas. Com passagens por veículos como a Rádio Gazeta AM, as revistas *Imprensa* e *Diálogos & Debates* (da Imprensa Oficial do Estado de São Paulo), trabalha atualmente no Portal R7, da Rede Record de Televisão.

Autor dos livros *O trevo e a vassoura: os destinos de Jânio Quadros e Adhemar de Barros* (Editora Girafa) e *Os livros de cabeceira: 65 intelectuais brasileiros e seus livros preferidos* (Editora Multifoco), entre outros. Foi diretor da UBE (secretário-geral e tesoureiro) e é membro da Associação Paulista dos Críticos de Arte (APCA) e da Academia de Letras de Campos do Jordão (SP).

No tempo da caneta-tinteiro

João Marcos Cicarelli

"Quando o carteiro chegou e o meu nome gritou com uma carta na mão...".

Ah, quanta saudade eu sinto das cartas! A espera ansiosa e aquela indisfarçável emoção ao identificar o remetente pela caligrafia no envelope.

Cartas de juras de amor eterno, cartas de rompimento, cartas de pais aconselhando filhos e de filhos aconselhando-se com os pais. Cartas de amigos, cartas de conforto, cartas de alegria e também de dor. Havia o costume de as cartas de luto trazerem uma tarja preta no envelope.

Cartas trocadas entre personalidades, políticos, literatos, artistas e amantes apaixonados. Cartas que, posteriormente, tornaram-se preciosos acervos culturais de grande valia para estudiosos e historiadores.

E agora, como fica? Não se escrevem cartas como antigamente. Não sou contra os novos meios de comunicação pessoal, porém temo perder parte do registro da história. Tudo bem, arquiva-se e-mail, mas será que os jovens estão preocupados com isso? Além do mais, a escrita eletrônica me parece tão impessoal... Tão manipulável...

Já a carta manuscrita tem vida, vibra, retrata com fidelidade o estado de espírito do autor naquele momento. Aquele pequeno borrão na carta de despedida não será uma lágrima traiçoeira? E essa letrinha agora miúda e vacilante, não estaria dizendo que minha amiga está melancólica?

Uma carta escrita à mão é mais do que a alma refletida no papel, é também atestado de consideração, de respeito. A carta manuscrita é o mais bonito artesanato da comunicação. Ela parece dizer: Olha, sou peça única, criada só para você.

Antigamente, na escola primária, a professora ensinava aos alunos como escrever cartas e estruturar o texto com precisão e delicadeza. Era de boa educação iniciar uma carta a um amigo nestes termos: Como vai você? E os seus, como estão? Estimo que todos estejam bem.

E seguia por aí afora. Na comunicação eletrônica tudo é superficial, diminuto, reduzido a consoantes abreviadas. A moderna linguagem eletrônica exige pouco. Abreviar é preciso, pontuar não é preciso, diria Fernando Pessoa se moderno fosse. Imaginem se Pero Vaz de Caminha tivesse passado um e-mail para El Rey. Provavelmente não saberíamos que, aqui, em tudo se plantando dá.

Ah, as cartas! Para aqueles que não sabem o que é isso, deixo aqui a perfeita definição dada pela escritora Lucia Maria Helena Monteiro Machado: "Carta é um e-mail que as pessoas passavam quando ainda sabiam ler e escrever, e tinham o que dizer".

É a marcha inexorável do tempo. Aprendi com Adauto Santos que "quando o novo chega o velho tem de parar". Então paro por aqui. Aposento a pena.

☹ Bom fds pra vc tb.

João Marcos Cicarelli, mineiro de Lavras nascido em 1939, é jornalista, escritor e mestre de cerimônias. Autor de *Realidade e fantasia* (crônicas, Editora Danúbio), *Rebelião das prostitutas* (crônicas e contos, Editora Milesi) e *Ganhar ou perder, eis a questão* (novela, Companhia Ed. Nacional). Participou de várias coletâneas, tem trabalhos publicados em jornais e revistas. Atualmente refugia-se no bucólico Sítio Quatro Estações (sem internet), na zona rural de Lagoinha, Vale do Paraíba paulista.

Se, ao menos...

Joaquim Maria Botelho

Enterrou o queixo no peito e cobriu o rosto com uma das mãos. Era a imagem do desconsolo, com as costas apoiadas no muro chapiscado da casa. Casa? Não, tapera quase. De pau a pique, barreada por mãos clementes de homens da vizinhança. Procurou cobrir os ouvidos. O gesto da mão, no entanto, não obliterava a gritaria que envolvia a casa ao lado, a tapera. Vinham vozes desesperadas das mulheres e assustadas das crianças. Homens bradavam vingança em vozes roucas de pinga e ódio. Imaginava, lá dentro, o corpo ensanguentado do menino, bonitinho, arteiro, sorridente e franco, que o carro esmagara meia hora atrás. A rua de terra não era própria para velocidade, mas o motorista pareceu, de propósito, ter acelerado, querendo espantar da sua frente a chusma de crianças meio peladas, de narizes ranhentos e barriga crescida. Pudesse ser que queria brincar, ele mesmo, o motorista, juntando-se, a seu modo, à farra desordenada do bandinho em revoada. E seu pé, calçado de alpargatas velhas ou havaianas falsifi-

Crônicas da UBE

cadas, tenha escorregado de um pedal para o errado, e não tenha dado tempo de frear. Ou que os sulcos de outras rodas, no leito ressecado de sol depois de encharcado de outras chuvas, tivessem tomado do motorista o controle do volante. Pudesse ser que o menino, estatelado de medo, congelou-se em frente ao mal calculado trajeto do carro velho barulhento. Pudesse ser tanta coisa. O que não se podia mais, porém, era vê-lo de novo, alegre e barulhento, pedindo goiaba da árvore do vizinho ou varando a cerca de bambu para pegar a bola rasgada atirada por um pé torto para o meio da horta de cebolinha e couve.

A molecada desaparecera da rua, como se fosse cúmplice, cada um escafedendo-se, cada um para dentro do seu casebre, para baixo do jirau, para o buraco embaixo do tanque, emudecido, de olhinhos arregalados, com o coração batendo num toque agalopado de pavor. As mães se desesperavam, temendo que o filho, ou a filha, merecesse azar igual. Saíam aos gritos pelos quintais, buscando o que ainda era delas, mãos na cabeça, aventais balançando ao vento, largando chinelos pelo caminho da procura esperançosa. Surpreendido o moleque arrepiado de medo, num esconderijo qualquer, ouviam-se o estalo de um tabefe e mais a gritaria de mal disfarçado alívio:

— Não falei pra não brincar na rua, seu traste!?

Os vizinhos aos poucos encontravam seus filhos vivos e se entocavam nas taperas. Tudo foi silenciando, como se fosse maldito sequer falar naquele momento maldito.

Só na casa ao lado uivavam os desgraçados.

Macabra meia hora. A velha não se atrevia a descobrir o rosto.

Estava sozinha. Lindáurea, a neta, cadê ela? Sumiu, faz tempo, enjoada talvez dessa miséria de telhados de sapé, pernilongos em nuvem, patos criados embaixo da cama, rebosteando o chão batido já liso de sujeira. Quando ela se foi, ainda não havia tantas casas equilibradas na margem esquerda do Paraíba, no caminho do Embauzinho. Genésio, pai dela, que o rio tragou porque ele tragou um rio de pinga antes de sair com a canoa, ergueu a casa no barranco porque era só descer um lance da escada escavada na terra e pular na embarcação. Depois vieram uns companheiros, primeiro compartilhando o ponto de embarque, depois fazendo mutirão pra um telheiro onde proteger as redes, remos e canoas. E, afinal, erguendo as suas próprias casas. O caminho do Pé Preto foi se urbanizando, se é que se pode chamar de urbe o amontoado de casas mal ajambradas, perigando cair a cada chuva. Com mais casas, mais movimento. Carros começaram a passar com mais frequência, principalmente depois que a ponte oficial foi interditada. A rua virou lugar arriscado para brincar, mas era isso mesmo que a fazia mais atrativa para a criançada. Até que...

Lindáurea, mistura de nomes de avós, passou muitos dias sentada na beira da barranca do rio, olhando para o interminável deslizar das águas barrentas, como se esperasse surgir lá longe a canoa e Genésio lhe abanando o boné, em cumprimento. Não ia mais para a escola. Não comia direito. Chorava sem parar. Um dia levantou-se, com o vestido ainda manchado de terra, entrou em casa, arrumou uma trouxa de roupas e foi embora. A avó ainda esboçou uma tentativa de impedi-la. Logo desistiu e sentou-se, como agora, à porta do casebre, espiando silenciosa a neta desaparecendo na curva da estação do trem.

Perder um filho é morrer um pouco. Genésio, perdido. Lindáurea, perdida, como o moleque atropelado. Pudesse ser que a tristeza da tapera ao lado talvez nem se comparasse com a dela, porque era uma agonia velha, incrustada, engastalhada dentro do peito, que nem todo choro do mundo lograria aliviar.

Era a imagem do desconsolo, encostada ao muro. Ela sonhara estar à beira-rio, para estender um bambu que o filho conseguisse segurar. Ela quisera ter estado no meio da rua, pra poder empurrar o menino e morrer no lugar dele. Se ao menos tivesse coragem de tirar a mão do rosto e se levantar dali.

Joaquim Maria Botelho é jornalista, tradutor e palestrante. Atuou na imprensa em veículos como a revista *Manchete*, a TV Globo, a TV Bandeirantes e o jornal *Vale-Paraibano*. No meio corporativo, trabalhou no Instituto Nacional de Pesquisas Espaciais e na Empresa Brasileira de Aeronáutica (Embraer). Traduziu várias obras do inglês e do espanhol. Tem onze livros publicados, entre eles *Redação empresarial sem mistérios* e o romance *Costelas de Heitor*. Desde 2012, é o atual presidente da UBE.

Exageros de mãe

José Moacir Saraiva

A geração cuja infância antecedeu os anos 70 teve uma formação familiar sustentada tão somente pela mãe, uma vez que o pai se ocupava de outras atividades que não as domésticas. A sociedade tinha outros contornos, bem diferentes dos de hoje, e a mãe se dedicava tão somente a cuidar dos filhos e da casa, e este contato mais de perto com a gurizada trouxe mais vantagens do que desvantagens para eles. Mas já naquela época a história registra exageros das genitoras sobre os filhos.

Os exageros aconteciam tanto no zelo como também ao falar das proezas dos filhos, quando, em algumas situações, o exagero era tanto que parecia que elas se referiam a um ser extraterreno. Já vi mães tão zelosas que seus cuidados chegaram ao ponto de, antes de colocar água de coco para os filhos ingirirem, ferverem o coco inteiro e só depois retirar a água para o pupilo. Parece história da Cochinchina, mas é fato.

Sobre esses cuidados, converse com um pediatra que aí se mensura o exagero de algumas mães, especialmente quando ela joga no mundo um ente pela primeira vez. Por mais amor dedicado à profissão, por mais profissionalismo que se tenha, diante de situações fruto de faniquitos ou irracionalidade em nome de "amor" materno, não é fácil conviver com tais desatinos pueris.

Outra classe vítima de achaques de mães de "olhos enviesados" são os professores, aliás, professoras, pois estas são as primeiras a receber os filhos superprotegidos que pisam, pela primeira vez, no espaço chamado escola. Há mães que querem os filhos nas primeiras fileiras, há outras que querem assistir às aulas com os pupilos, há ainda algumas mais zelosas que em qualquer atividade oral da sala exigem que o seu filho fale mais do que os outros. Enfim, se vê tanta barbaridade em nome desse zelo.

Ouvir conversa de tais mães quando os rebentos dão os primeiros passos na escola nos leva a crer que estamos diante de mães de gênios, tamanho é o desempenho dos garotos e garotas na sala de aula, em casa e na rua, ao adquirirem as primeiras habilidades na escola.

Estava um grupo de pais em uma sala esperando o atendimento do pediatra, eram duas meninas e um menino, uma menina e um menino, com as respectivas mães, e uma menina com o pai. Coincidentemente, faziam parte da mesma sala da escola, era o segundo ano desta turminha em sala de aula. As mães começaram a falar das proezas dos filhos, uma, mais faladeira, disse:

— Minha filha já conta de um até dez, é muito inteligente esta menina.

A outra mãe também arrotou a genialidade de seu filho e saiu com esta:

— O meu, ai, ai, já conta até vinte de frente para trás e vice-versa, nossa, a família toda fica encantada com a inteligência deste garoto.

E assim, as duas foram debulhando os feitos dos filhos por muitos instantes. As lorotas eram tantas que só depois perceberam a presença do pai de uma colega de seus filhos, ele não muito satisfeito ao ouvir aquele rosário de "tolices". Uma das mães perguntou para ele:

— E a sua menina, conhece as letras?

Ele respondeu com naturalidade:

— Sim e muito, a minha já escreve poemas, crônicas e resolve equação de primeiro e segundo graus.

A partir daí o silêncio tomou conta do recinto.

José Moacir Fortes Saraiva desde criança admira os contadores de história. Diplomou-se em Letras, na Universidade Católica de Salvador (UCSAL) e especializou-se em Língua Portuguesa, no Rio de Janeiro. Escreveu em jornais e para a faculdade, mas sempre destruía sua produção. É professor há mais de vinte anos no Instituto Federal de Educação, Ciência e Tecnologia da Bahia (IFBA).

Naquela estrada

Mafra Carbonieri

-I-

Ismael guiava o caminhão da olaria com uma carga de lenha para o último forno. Meio sonado, o pensamento nas pernas de Adelaide, nem percebeu quando o cigarro se apagou na boca. Um gosto cinza. A carroceria afundava o molejo pela esquerda. Ismael acabara de sair da boiadeira para entrar no asfalto, contornando o bambual antes dos pilares caiados da ponte.

Ainda não tinha amanhecido e a névoa desmanchava no para-brisa a sujeira pegajosa de muitas viagens. Fazia falta um rádio. Ismael se arrependeu de não ter vestido o casaco de couro surrado. Geara toda a madrugada. Mas sempre se podia esquentar a boca com aquele cigarro quase esquecido. Fazia falta uma catira com viola e sanfona. O fósforo estava ali na bolsa, ao alcance dos calos, a ferragem se debatia na lombada e Adelaide na ideia, ele olhou a bolsa.

Parando o caminhão no meio da estrada, logo depois da descida, Ismael riscou o palito e distraiu-se com a chama azul e amarela. A luz pareceu ter brotado do estalido e se espraiado pelas unhas grossas. Um cheiro de óleo queimado, o motor sacolejava, adensando-se os vapores na tampa do radiador.

O dia começava a clarear.

Um Volks, empurrando o facho pálido dos faróis, surgiu por trás do caminhão. O freio arrancou da máquina um gemido repentino, quase humano, que incomodou Ismael e obrigou-o a soprar irritadamente a chama na concha da mão. Ele fixou com autoridade o pedaço de espelho. "Motorista amador..." Ao desviar-se para a esquerda, o Volks ficou de frente para o ônibus de São Paulo, que corria no rumo oposto. Outra manobra para a direita e o carro capotou quatro vezes na estrada, tombando contra o barranco.

Ismael engatou a marcha. Estando o cigarro aceso, a brasa flutuava no vidro da porta, ele prosseguiu a viagem sem mover o rosto para o lado.

-II-

O velho Cesário só escutou um grito. Abriu os olhos para as folhas de zinco do telhado e recordou um porão de navio, um relâmpago, o barulho das paredes. Agora sentado, com os pés fora do catre, tossiu o catarro e prestou atenção na harmonia da geada: a ausência de odores, um silêncio ritual. Mas ouviu um grito. Acabou por pisar numa garrafa. Chamou:

— Edgar! Onofre!

Ninguém respondia. No beliche, não estavam. Mas os rapazes nunca se mexiam cedo. Gordo e rendido, o velho Cesário afivelou a custo, por baixo da barriga, uma cinta de couro. "Perdendo dinheiro com as vadias da estrada", remoeu o velho uma desavença com os filhos. A barba duma semana semelhava espuma encardida. Fedia a alho e persignava-se ao reconhecer o pio das corujas. Calçando as alpargatas, ergueu-se com o cobertor de flanela nas costas e saiu mancando. Encontrou Edgar que corria de volta para o barraco.

— Velho, um desastre perto da paineira.

— De ônibus?

— Não. É um Volks de Capela da Serra. Não sobrou muita coisa do carro. Amassou como lata chutada. Onde se enfiou o Onofre? O motorista morreu na hora.

— Esse grito...

— Tem uma menina no chão. E o Onofre?

Edgar batia agitadamente o martelo no arco do barril.

— Onofre!

Fincando no passo a sola direita e arrastando a outra perna, pesadamente, a determinação igualando-se à dor, o velho não esperou pelos filhos e percorreu a trilha escavada na encosta. Sempre teve a coragem e a consciência da vida solidária. Desde menino, a sua vocação era o sacrifício e a doação. Jamais cobiçou as glórias terrenas. Satisfazia-se com as migalhas do acaso. Ao recolhê-las, despertava em torno de si uma aura de misericórdia e de caridade. Sempre tolerante, acreditava na ressurreição pela carne e na comunhão dos bêbados. Quando o velho Cesário conseguiu chegar ao topo, Edgar alcançou-o, indo depressa com a caixa de ferramentas e uns sacos de estopa. Atrás, Onofre puxava a carriola.

Lá estava a menina. Deserta a estrada, o homem apegou-se ao cobertor, ou à piedade, os olhos mareados, um estremecimento perturbou-o e ele se aproximou, arquejando.

— Quieta... — balbuciou Cesário, vendo o sangue no peito da guria e na roupa dilacerada. Porém, ela falou que o pai era o professor Mendes, de Capela da Serra. O nome dela era Adriana. — Sim, sim. Agora tenha calma.

O velho espiou ao redor e procurou distinguir os sons da estrada. "Onde a garota arranjou força para gritar?"

— Vem vindo um jipe — avisou Cesário.

Ao desligar o motor, Onofre gostou do chaveiro. Pondo-o no bolso, segurou pela alça a mala de couro. Edgar forçou os ferros torcidos e trouxe do fundo os sapatos de cromo e a carteira com o dinheiro. Depois, vasculhou o porta-luvas, só achando os cigarros. Vem vindo um jipe. Enquanto Onofre experimentava o relógio de pulso, Edgar alargava com a marreta a brecha do capô dianteiro. Vem vindo um jipe. A bagagem coube na carriola onde já estavam os dois pneus que não tinham arrebentado. Comendo o sanduíche da lancheira, um recheio de manteiga e presunto, Cesário ia comprimindo a dádiva na gengiva, entre as ruínas cor de osso. Imaginava como limpar o sangue daquele casaco de camurça. Vem vindo um jipe.

Edgar suspendeu os pegadores da carriola e partiu. Onofre veio rodando o estepe e soltou-o no lançante. Depois, desceu com um saco às costas. Agasalhado no cobertor de flanela, o velho Cesário se afastou com serenidade.

-III-

Agora, a paineira espalha a sombra no sono nítido de Adriana, como quem estende um lençol sobre um rosto.

Mafra Carbonieri nasceu em Botucatu-SP. Iniciou suas atividades ministrando aulas de Literatura e Língua Portuguesa. Publicou onze livros, entre eles *Diálogos e sermões de Frei Eusébio do Amor Perfeito* (Editora Reformatório, 2013), pelos quais recebeu diversos prêmios nacionais e internacionais, entre eles o Casa de las Américas, de Cuba. É membro da Academia Paulista de Letras (APL).

Sujeitos predicados

Marcelo Nocelli

O sujeito acorda cedo. Às seis. E lá vai o sujeito para mais um dia útil em sua vida. Toma seu banho e escova os dentes embaixo do chuveiro. A escova – comprada a preço de ouro, por indicação de outro sujeito, que é dentista – é arremessada por cima do boxe e acerta a pia. Marca seu primeiro ponto do dia. A primeira euforia. O sujeito toma também seu café reforçado. Reforçado e apressado. Entre goles de café e mordidas no pão com manteiga, checa as mensagens no celular pré-pago de última geração que comprou a prestação. (Faltam só duas para terminar o carnê, mas a tela já está trincada. Caiu no chão. Muito uso.)

Depois de beijar rapidamente a esposa e as crianças, o sujeito sai correndo. (Mais uma verificação de mensagens no celular.) O nó da gravata é finalizado enquanto abre o portão para tirar o carro popular da garagem. Carro este que o sujeito *vai estar pagando* pelos próximos quarenta e seis meses. O sujeito é *expert* em nó de gravata, se orgulha disso. Há mais de quinze anos usa gravatas durante os cinco dias da semana. Aos finais de semana ele não usa; troca o terno e a gravata por bermuda, chinelos Rider um ou dois números maior que seu pé, o que lhe dá uma sensação de conforto, e a camiseta do time de coração ou uma daquelas com inscrições do tipo "Estive em tal lugar e lembrei de você", que o sujeito ganhou de um parente que voltou de viagem recente. Nos dias mais frios o sujeito veste conjunto de moletom com calça e blusa da mesma cor, mas nem sempre abandona os chinelos, mesmo quando está com meias pretas. O sujeito adora conforto.

Enquanto fica por quase duas horas no trânsito, ouvindo notícias sobre o trânsito e checando as mensagens no celular a cada cinco minutos, o sujeito aproveita para ligar à rádio que só fala sobre trânsito. Ele informa como está o trânsito na região por onde passa todos os dias. Terrível, como todos os dias. Espera alguns minutos e ouve o locutor passar suas informações, no final escuta agradecimentos por sua colaboração, e seu nome e sobrenome. Sente orgulho. Seu segundo ponto do dia. (O sujeito envia mensagem para a esposa, contando animado que acabou de ouvir seu nome na rádio.) Depois da pequena euforia, continua ouvindo dicas de outros sujeitos que também ligaram para a rádio enquanto pensa em seus *assignments* do dia, *breakthroughs, briefings, budgets, compliances, deadlines* e outros compromissos do seu business-to-employee.

O sujeito também se atenta para o fato de que deve voltar o mais rápido possível para suas aulas de inglês. Nesse momento; um arrepio... E o sujeito se sente indeterminado, quase inexistente.

Quando finalmente chega ao trabalho, está dez minutos atrasado e tenta se passar oculto pelo corredor. O chefe percebe e lhe dá uma pequena bronca educada na frente dos colegas. O sujeito percebe então que acaba de perder dois pontos. (Para disfarçar o desconforto, verifica as mensagens no celular.) O trabalho é igual ao dia anterior e com toda certeza será igual ao do dia posterior. Ótimo, sem dificuldades. O sujeito não gosta de dificuldades, ele é um sujeito simples. Na hora do almoço o sujeito vai a um restaurante que vende comida por quilo e oferece como brinde uma sobremesa, normalmente uma gelatina. Depois de enfrentar a fila com prato e talheres na mão, o sujeito aguarda, com sua bandeja, por um lugar. Enquanto come, assiste aos programas sobre futebol, gostaria de ver o fim da matéria especial feita com o seu time, mas não pode, já terminou sua refeição e as pessoas na fila de espera olham feio, intimando-o que se levante logo e possa ceder seu lugar. O sujeito então volta para a empresa, ainda lhe restam quinze minutos do horário de almoço. Aproveita para colocar as conversas virtuais em dia, com amigos que nunca viu e, provavelmente, nunca verá pessoalmente. Pessoalmente, conversa com outros sujeitos sobre as mesmas coisas que conversaram ontem e que, provavelmente, conversarão amanhã. Volta ao trabalho. No fim do expediente o sujeito vai com os amigos para o bar da esquina. (Conversam pouco, todos estão mais preocupados com as conversas nos celulares.) O sujeito toma três ou quatro cervejas e sai apressado. Precisa estar em casa antes das oito. A esposa do sujeito não permite que ele chegue depois desse horário, com exceção das quartas-feiras, dia em que o sujeito joga futebol com os amigos depois do expediente e então pode chegar às dez, mas já deve ter feito sua refeição na rua, imposição da esposa. Nos outros dias, o sujeito chega, toma o segundo banho do dia e, quando sai, já de pijama, o jantar está na mesa. Depois o sujeito deita no sofá. Briga com as crianças que fazem barulho e atrapalham sua concentração no jornal televisivo – o mesmo a que ele assiste há anos e tem total confiança. Começa então a novela, a que o sujeito e sua esposa assistem juntos sem trocarem qualquer palavra. O mesmo acontece com o filme que começa logo em seguida. Quando acaba o filme, o sujeito espera que a esposa tome seu banho, enquanto isso, ele confere o quarto das crianças, que já estão dormindo, e fica vendo fotos de lindas mulheres no celular. Quando a esposa sai do banho, o sujeito então lê alguns capítulos do mais novo sucesso entre os livros de autoajuda, que foi indicado por um outro sujeito, amigo de trabalho. O sujeito se motiva com as palavras do livro, fecha-o com uma batida forte e esperançosa, acreditando que a partir de amanhã iniciará uma nova vida. Ele então pondera por alguns minutos se deve ou não acordar a esposa para uma noite de amor. Desiste, estão cansados. Checa pela última vez as mensagens no celular, depois olha para o livro, empolga-se novamente, lê até pegar no sono e sonha. Sonha em ser um sujeito composto.

Marcelo Nocelli (1973, São Paulo-SP) escreveu, entre outros, os romances *O espúrio* (2007), que foi traduzido para o alemão, e *O corifeu assassino* (2009), traduzido para o italiano, ambos pela Editora LCTE, e o livro de contos *Reminiscências* (2013), pela Editora Reformatório, da qual é um dos sócios-editores. É cronista da *Revista ZN* há seis anos. É o atual secretário-geral da UBE e conselheiro editorial do jornal *O Escritor.*

Verdes verdades

Maria de Lourdes R. Villares

Caminho pelas ruas da parte mais antiga da cidade cujo topônimo promete um belíssimo horizonte. Belo, tão belo, a ponto do papa, tão pop, quando de sua visita à cidade, recorrer à metonímica visão, diante da multidão devota.

Muitas vezes, ao cair da tarde, nossos olhos extasiados se tingem de um vermelho translúcido e radioso; quase sempre, um aviso de forte poluição.

Sem definições, a partir da primeira década de nosso século, um costume foi tomando, devagar e sempre, a paisagem da cidade: aqui e ali, muros pintados de vermelho, passeios com uma camada de tinta dessa cor, e moradores sem vexação de espichar toneladas de tinta vermelha em suas antigas fachadas. (Este período tão longo surge com as dimensões de minha perplexidade...) O que no início parecia uma forma de destaque visual, ao longo dos anos foi insinuando um clima de excitação e convite à exacerbação do olhar; casas neocoloniais ganharam um tom sujo e quase oxidado de nitritos, em seus muros e paredes externas.

Ninguém soube de onde surgiu esse afã de transformação da arquitetura já gasta em um painel de duvidosa modernidade. Bem é que minas de ferro trazem ao inconsciente coletivo tais vermelhos oxidados de nosso solo.

Leio os manuscritos do *Livro vermelho* de Jung e testemunho a irrupção de imagens de um inconsciente perturbador. Compreendo esta minha cidade, cheia de frestas, fissuras e lacunas assombrosas. Sempre com medo de cinzas e brancos... O branco pede suas escritas e o cinza nivela o olhar. Percebo o confronto entre a urbe da memória vivida, com lembranças do cheiro de jasmins-do-cabo e damas-da-noite ou, mesmo, de rosas vermelhas e aquela, dos restos e excessos.

Sei de tantos vermelhos: das palhetas dos pintores, indecisos entre um vermelho de Goya, um expectado rubro de Patrick Heron, um toque da cor de Mantegna, a cor rubra de Schongauer, o chapéu da mulher que chora, de Picasso, os espaços vermelhos de Manabu Mabe e Tomie Ohtake. (Tanta cor ofusca meus olhos e minha escrita...)

Nem mesmo um vermelho coca-cola, ou aquele da embalagem de sonho de valsa, ou ainda de romãs de suculentas bagas, ou no batom surpreendente, ou ao menos o da Chapeuzinho Vermelho quebram meu devaneio.

Esqueço-me da cor ícone: Praça Vermelha, Barão Vermelho, nariz de palhaço, fogo na montanha, rubi indiano, Cruz Vermelha, pau-brasil, caqui e morango, unha de Carmen Miranda, luz restritiva de sinal de trânsito, sala vermelha de Inhotim, sinalização de alerta no alto de edifícios, corações apaixonados, vestido de noiva oriental, pimenta malagueta e outros.

O vermelho e seus territórios: China, Pérsia, Prússia, Ultramar, Turquia, Antuérpia, Espanha, Pompeia, Toscana, etc.

Brinco com a palavra "vermelho", "ver" + "mel", e lembro-me daqueles copinhos de bebê, antigos, feitos de "vermeil", e não tenho certeza se o mel pode ser um tanto vermelho. Apresentam-se à memória as cortinas do teatro na minha infância e tenho certeza de que, da caixa de lápis de cor, sempre desaparecia o de tonalidade mais gritante. E da memória resgatada, uma voz de adulto a dizer-me, num dia de brincadeiras no campo: — Cuidado com o veneno da planta papagaio! (Para a mente infantil, o vermelho significava morte e alegria; hoje, minha escrita se inunda de rubra contestação...)

Sempre pensei ser a cidade o universo de cada um; todo morador sonha a cidade de seus devaneios; vermelha, desdiz o azul de tão belíssimo belo horizonte...

Por agora, a cidade se avermelha, segundo um provérbio chinês: "Quem se aproxima do rubro, vermelho ficará". (Em cuidados e atenção, recolho-me à minha casa, protegida.) Ritualisticamente, olho a construção a vinte anos de seu centenário, e tenho certeza de que aquele pó de pedra, tão *art déco*, persiste, íntegro, apesar de tudo. Mais uma vez, leio com o olhar minhas imaginárias escritas: palavra contra palavra, à procura dos tons da cidade. E verifico: pés de romãs colorem o meu dia, com frutos temporões e, das jarras, tipo murano, no interior da casa, rosas enchem o espaço de intenso rubro e, por acaso, a capa do meu primeiro livro é vermelha. (Portanto, tenho os meus vermelhos, ah, se os tenho...) Porém, não faço da cidade um grito de alerta, ou sinal de "pare" emocional. Tudo porque, apesar dos pesares, há um belíssimo horizonte... e isto me basta e conforta: territórios para o olhar, eu os perscruto, na escrita do outro.

Quero, sobretudo, os horizontes de meus esquecimentos...

Vermelho, por quê?

E já que se fala em vermelho, (por livre associação) penso na sua equivalente complementar: achegam-se à memória tantos "verdes", como aquele do baile de Lygia Fagundes Telles, ou o do Menino do Dedo Verde, das mulheres verdes de raiva... Imagino outros verdes possíveis e, talvez, enigmáticos, como o olhar de meu pai, e volto-me para "Cataguases e seus azes", na releitura da *Revista Verde*.

Fico sem resposta para a questão: O Modernismo, com seus noventa anos, está um pouco velho, ou, ainda, muito novo?

Percorro as trilhas do poema "Homenagem aos homens que agem" – a quatro mãos, da dupla Marioswald de Andrade, dedicado aos "azes de Cataguases" (Oswaldo Abritta, Rosário Fusco, Guilhermino César, Francisco Inácio Peixoto, Antônio Martins Mendes, Camilo Soares de Figueiredo Júnior, Henrique de Resende, Ascânio Lopes).

Houve um tempo em que se pensou sobre como abrasileirar o Brasil. Em Minas, jovens, lá pelos idos de 1927, em seus ternos elegantes propunham a alegria como seu mote: "'VERDE' é uma alegre revista, divulgadora de valores novos. Está bem satisfeita com isso. E mais não deseja não, podem crer", diziam na Edição I.

Abençoados por Mário de Andrade e Cendrars, os "azes de Cataguases" inventaram o avesso da escrita, com o título da revista possuindo um "R" de perna encurtada, um "S" ao contrário, além do jogo linguístico com a palavra "VERDE", como novas perspectivas para o olhar: ver (a partir) de... Minha curiosidade abarca o significado de tão curto tempo da revista: apenas dois anos e seis edições publicadas. Por quê?

"Vila Lobos/ não compõe mais/ com dissonâncias/ de Estravinsqui/ ele é a mina Verde/ Cataguases."

Hoje, diante de nós, um país brasileiro, uma arte global e uma literatura em busca de outros territórios, para além de suas fronteiras.

Só queriam eles a brasilidade de nosso país; com humor e alegria, os irreverentes rapazes, mediados pelo bom senso de Mário de Andrade, reviraram as expectativas de uma elite, hoje sabedora das possibilidades de reversões sociais. E porque já aceitamos uma nação para todos, mais que nunca, o Modernismo é nosso lume, em face do barroquismo inerente à nossa cultura.

"Os Andrades/ não escrevem mais/ com terra roxa/ não!/ Escrevem/ com tinta verde/ Cataguases."

Volto aos movimentos anteriores, como Pau-Brasil, Verde-Amarelo e Anta, e tudo soa para mim como um roteiro de um livro de infância. De índios a bichos. Vislumbro uma surpreendente estória onde Peri já não é meu herói e a anta surge como elemento de alerta – o preconceito hoje acha-se tipificado no Código Penal. Há muito, nesta terra, o pau-brasil orna jardins, o verde--amarelo vai aos estádios e o verde da Amazônia infla nosso orgulho diante do mundo; somos seres globais.

"Brecheret/ não esculpe mais/ com plastilina/ modela o Brasil/ com barro Verde/ Cataguases."

Visualmente, perpasso a cor em referência, na obra de Cézanne.

Lembro-me de Caê e seu grito de "ALEGRIA, ALEGRIA" e nós, jovens, inventando de novo o mundo.

Ah!... Aquelas tardes de domingo, néscias das agruras históricas, quando apenas a alegria pôde, conforme diz Clarice, ser nossa forma de confronto...

Passamos a representar o país, de acordo com a nova realidade emocional; nossa Língua não é apenas aquela do asfalto; sobe o morro e acolhe sua fala inculta, sem constrangimentos, outros; mais ainda, sacraliza-a, como forma de arte, nos raps e axés; desce gloriosamente híbrida, e se encastela nos territórios da Mídia. Assim, em nossa Cultura cabem a mistura de todos os verdes das palhetas do mundo: de Cassel, Montpellier, Paris, Hungria, Prússia, Verona, Viena, Egito, Suécia, etc.

"Todos nós/ somos capazes/ de ir e ver de/ Forde Verde/ os azes de Cataguases."

Entre o verde e o vermelho, com olhos desarmados, procuro, incessante, a alma das cidades: territórios de deslembranças.

Maria de Lourdes Rabello Villares é mineira de Belo Horizonte. Ganhou os prêmios Adolf Aizen, da UBE-RJ, BH Conta Sua História/100 anos, 1º Concurso Nacional de Ensaios de Arte Sul-América, Prefeitura de BH-MAP, Salão Paulista de Arte, e foi finalista do Prêmio Inista de Literatura e Arte (Espanha). Catalogação: Centro de Poesia Visual (Espanha), 1ª Bienal Internacional de Poesia Visual (SP), Poesia Experimental (México), Ontological Museum (EUA), dentre outros. É bacharel e licenciada em Artes Plásticas, pela Universidade Estadual de Minas Gerais (UEMG), e em Pedagogia, pela Pontifícia Universidade Católica de Minas Gerais (PUC-Minas). É membro da Sociedade Brasileira para o Progresso da Ciência (SBPC), do Sindicato dos Artistas Plásticos do Estado de São Paulo (Sinapesp) e da Organização das Nações Unidades para a Educação, a Ciência e a Cultura (Unesco).

A sabedoria da vovó

Nicodemos Sena

Há pessoas que costumam usar provérbios nas mais diversas situações. Citar provérbio é proclamar vivência, mas requer idade, ponderação, experiência. Vovó Guida, com quem vivi os inesquecíveis anos da minha infância na Amazônia brasileira (de 1958 a 1976, em Santarém do Pará), tinha sempre um provérbio na ponta da língua. Através dos ditados, estava sempre exemplando, avisando, contendo, disciplinando; servia-se deles como de uma luz vermelha.

Hoje, recordando os provérbios de que vovó mais se socorria, fico abismado ao pensar que ela, semianalfabeta, transmitia, certamente sem o saber, conhecimentos muito antigos, que foram se depurando de geração em geração até se tornarem súmulas de sabedoria. "A bom entendedor, meia palavra basta", por exemplo, fazia parte do seu repertório. Esse provérbio encerra a ideia de que as pessoas argutas apreendem em seu sentido exato as mais leves alusões, principalmente quando contêm advertências e ameaças de revide. Existe na Espanha provérbio parecido: *"A buen entendedor, breve hablador"*. Aparece também no texto da famosa comédia *La Celestina*, de Fernando Rojas, e no capítulo XXXVII do imortal *Dom Quixote*, de Cervantes. É corrente também na França: *"À bon entendeur, demi mot"*. Mas duvido que minha avó – que só falava o português e jamais leu qualquer obra clássica a não ser a Bíblia – estivesse a par das remotas origens desse provérbio, o que em nada diminuía a convicção com que o proferia.

Vovó também gostava muito do "Água mole em pedra dura tanto bate até que fura", provérbio de origem latina enunciado num verso de Lucrécio da seguinte forma: *"Stillicidi casus lapidem cavat"* ("A água que tomba gota a gota fura o rochedo"). A mesma coisa afirmara Ovídio, nestes versos da *Arte de amar*: *"Quid magis est durum saxo? quid mollius unda? | Dura tamen molli saxa cavantur aqua"* ("Que é mais duro que uma pedra? que é mais mole que a água? Contudo, a água mole cava a pedra dura"). Entretanto, para vovó, Lucrécio era apenas um vizinho falecido, e Ovídio, um completo desconhecido.

Era incrível que ela, apesar de não ter lido *Esaú e Jacó* e nada saber de Machado de Assis, fizesse a mesma correção que o autor fez no seu romance, quando alguém dizia "a ocasião faz o ladrão". Ela, prontamente, emendava: "Não é a ocasião que faz o ladrão, o provérbio está errado. A forma exata deve ser esta: a ocasião faz o furto; o ladrão já nasce feito".

Outro ditado que vovó repetia era este: "Aqui é que está o busílis". Lembro que quase sempre eu ria. Ela estava querendo dizer: "Aqui está o problema ou a dificuldade", mas ninguém saberia me dizer o significado de "busílis". João Ribeiro, Vicente Veja e o latinista Artur Rezende explicam que a curiosa expressão teria nascido de uma deformação da expressão latina *"In diebus illis"*, por brincadeira de estudantes, ou por ato involuntário, fundado na ignorância da língua e na má audição. Daí teria resultado *"Indiae"* (Índia), mas "busílis" continua intraduzível. João Ribeiro mostra exemplo de seu uso em uma quadra de Frei Lucas de Santa Catarina, escritor português dos primórdios do século XVIII: "Fiquei muito satisfeito,/ Da carta sem advertir/ Que em que a havia levar/ É donde estava o busil". Prova de que a locução tem foros de antiguidade; circula pelo menos há três séculos. Mas vovó não se preocupava com isso.

Talvez por ser de uma época em que a palavra empenhada valia muito, vovó não se cansava de dizer: "A rico não devas, a pobre não prometas". Significa o provérbio que assim como não nos devemos comprometer com pessoas que nos podem oprimir com seu poder, também não devemos iludir aos que nos podem molestar com as suas instâncias. Porque promessa é dívida e também se cobra.

Crônicas da UBE

A primeira vez que ouvi vovó dizer "as grandes dores são mudas" foi quando uma vizinha, que parecia viver muito feliz, escandalizou a todos enforcando-se. Acho que essas palavras, incompreensíveis para a criança que eu era, impressionaram-me mais do que a própria tragédia. O provérbio faz parte do livro *Máximas*, do moralista francês Luc de Clapiers, marquês de Vauvenargues, nascido em 1715 e morto em 1747. Sêneca, na tragédia *Hipólito*, escreve estes versos: *"Curae leves loguuntur, ingentes stupendi"* ("As pequenas dores são loquazes, as grandes nos fazem estupefatos"). Vovó morreu em 1976, no auge da sabedoria, sem ter lido nenhum desses autores.

Toda vez que eu chorava – e foram tantas as vezes que até ganhei o apelido de "pipira", pequeno pássaro lamuriento da Amazônia – vovó gritava: "Que é isto, menino! Estás chorando a morte da bezerra?". Segundo diz João Ribeiro, em *Frases feitas*, a origem dessa locução está nas perseguições religiosas movidas aos judeus em Portugal na Idade Média. Os judeus louvam e seguem incondicionalmente a Tora, como chamam o Pentateuco. E acrescenta: "Adoradores de Thora, ou da tourinha, como a serpe, era um dos espantalhos que acompanhavam a procissão do *Corpus Christi*". Seria a morte da bezerra a consagração fanática dos autos de fé. É uma explicação conjectural curiosa.

Em inglês há expressão aproximada, mas sobre a morte da égua. Quando uma pessoa está pesarosa, pergunta-se: *"Whose mare's dead?"* ("Morreu a égua de quem?"). Até Shakespeare usou essa expressão, em *Henrique IV*, quando, na primeira cena do segundo ato, faz Falstaff perguntar: *"How now? Whose mare's dead? What's the matter?"* ("E então? De quem morreu a égua? Que é isso?").

Hoje sei que minha avó, bisneta de portugueses, com seu acervo aparentemente inesgotável de provérbios, locuções e ditos curiosos, sabia tantas coisas, embora não soubesse nada disso.

Nicodemos Sena nasceu a 8 de julho de 1958, em Santarém, Amazônia brasileira, passando a infância entre índios e caboclos do rio Maró, na fronteira do Pará com o Amazonas. Veio para São Paulo em 1977 e aí se formou em Jornalismo e em Direito. A estreia literária se deu com o romance *A espera do nunca mais – uma saga amazônica* (1999, Prêmio Lima Barreto/Brasil 500 Anos). É verbete na *Enciclopédia de Literatura Brasileira*, direção de Afrânio Coutinho e J. Galante de Sousa. O poeta Carlos Nejar, da Academia Brasileira de Letras (ABL), incluiu Nicodemos Sena em sua *História da Literatura Brasileira – da Carta de Caminha aos contemporâneos*.

Fumo

Pedro Pires Bessa

Em 1950, no dia em que completei 10 anos de idade, na hora da festinha ao entardecer, meu pai me chamou, me deu de presente um maço de Astória, pediu que eu abrisse e tirasse um cigarro, que ele mesmo acendeu para mim. A origem dessa história é que, quando jovem, meu avô pegou o papai fumando escondido e o obrigou, como castigo, a comer um cigarro. Meu velho estava radiante, livrara seu filho de passar pelo vexame que teve de suportar, mas não odiava o vovô, tanto que tenho o nome dele, que é também meu padrinho de batismo. Outros tempos! Recordo-me confusamente de estar orgulhoso (era homem, podia fumar), de ficar meio zonzo, mas alegremente iniciei assim minha carreira de fumante.

Aos 12 anos fui para o seminário, dirigido pelos frades franciscanos holandeses. Algumas pessoas guardam mágoa e complexo dessa época, eu não. Tivemos sólida formação humanística. Ao final de sete anos, terminando o curso clássico, líamos no original a *Ilíada*, a *Odisseia*, *Eneida* e outros expoentes máximos da literatura universal. Comparando com o sólido alimento cultural que recebemos, a juventude hoje ganha, no mesmo período, uma rala sopa de fubá. O seminário era um mundo próprio com balanceadas horas de estudo, meditação, trabalho manual e diversão. Éramos, socialmente, divididos em menores, médios e maiores – estes estavam nos três últimos anos, tinham uma sala especial, o *Clube dos Jogleurs*, ganhavam um maço de cigarro por semana, marcas Hudson, Luiz XV, Continental, Camel e outras; podiam fumar toda noite. Os holandeses eram fumantes inveterados, contavam que, no dia da Primeira Comunhão, ganhavam de presente um grande charuto. Era um prestígio imenso usufruir do cigarro, causava inveja nos que ainda não haviam chegado lá.

Nas décadas de 1940/50, o cigarro não era visto como um malefício, ao contrário, médicos faziam propaganda para o bem que ele causava à saúde e à beleza. Associado ao charme e à elegância, era fortemente difundido pelas divas e deuses do cinema. Propagandas com forte apelo sexual utilizavam mulheres, homens e crianças. Em *A estranha passageira* (*Now, voyager*, 1942), Bette Davis recebe de Paul Henreid o cigarro que ele mesmo acendera para ela, e acendera um para ele também. Em *A bela ditadora* (*Take me out to the ball game*, 1949), os personagens de Sinatra e Kelly ensinam moleques de rua a fumar. Fred Astaire, Rita Hayworth, Marlene Dietrich, Ronald Reagan, John Wayne, entre tantos outros, fizeram propaganda explícita para o cigarro. A verba que a indústria do fumo injetou no cinema nos anos de 1940 e 50 foi colossal. A propaganda que até hoje mais me tocou e encantou foi a de Audrey Hepburn segurando a piteira na legendária fotografia de *Bonequinha de luxo* (*Breakfast at Tiffanys*, 1961). Hollywood teve um papel importante e decisivo na disseminação do hábito de fumar. Com tudo isso, aos 20 anos, fiquei viciado, precisava de minha dose diária de nicotina.

O início de minha idade madura foi dominado pelo cigarro, que aos poucos foi aumentando até chegar a fumar três maços de Hollywood por dia e noite. Acordava para fumar. Num dia desses, meio dormindo, deixei a guimba cair em cima da cama. Por sorte acordei com o começo de um incêndio, que consegui apagar. Foi um dos maiores sustos de toda a minha vida. Não emendei, fiquei mais atento, mas continuava uma verdadeira maria-fumaça. Experimentei charuto, achei desconfortável, a aparência lembrava coisa nojenta. Cachimbo só agradava nas primeiras cachimbadas, depois aquela baba fedorenta, um horror! Cigarro de palha não parava aceso. Meu negócio era cigarro de papel, que eu tragava até o fundo do pulmão, com generosas baforadas.

Lembro-me de que, no final da década de 1970, campanhas contra o fumo começaram a me tocar, diziam que mais de cinquenta doenças eram causadas por ele, sobretudo o câncer do pulmão. Começaram a mostrar que o hábito de fumar pode ser relaxante, dar status ou charme, mas que isso não compensava os seríssimos riscos a que o fumante se expõe.

Na década de 1980 resolvi parar de fumar. Foi uma luta terrível, perdi várias batalhas, mas ganhei a guerra. Alguns tópicos ficaram marcados para sempre na minha lembrança. Não me recordo da data exata, mas uma das propagandas contra o fumo que mais me tocou foi a mostra do ridículo e da falta de estética de um macaco fumando um cigarro; eu me vi nessa mesma situação, como eu era ridículo me enchendo de fumaça soltada pelo nariz e pela boca; como era inestético ficar sujando tudo de cinza de cigarro e tornar o ambiente em volta empestado por nicotina.

Procurei vários métodos, um deles, não sei como me chegou às mãos, era chamado de método alemão. A gente devia, sistematicamente, ir diminuindo o número de cigarros fumados por mês, depois por semana e, finalmente, por dia, até zerar o uso do fumo. Vi, infelizmente, que não sou tão disciplinado assim. O máximo que consegui foi diminuir um maço por dia. O problema é que, no auge do esforço, aconteciam contratempos familiares, profissionais, de saúde e aí, como diz a expressão popular, "a vaca ia para o brejo", eu voltava a fumar mais do que antes. Esse não deu certo, mas não desisti.

O método mais terrível que enfrentei, também não sei como o encontrei, foi o chamado "se me dão". Não comprar cigarro, passar a humilhação de pedi-los aos amigos fumantes. Aí pude ver como a humanidade é mesquinha; a maioria absoluta dava o cigarro com a maior má vontade, fazendo cara feia; o máximo foi quando uma "amiga" me disse, com todas as letras, para eu tomar vergonha na cara, que ela não comprava cigarros para os outros. Procurei o rapaz do caixa da cantina, comprei um maço de Hollywood, disse que era dele, que lhe daria outros, mas que eu viria lhe pedir um cigarro de vez em quando. Ele ficou na maior felicidade, eu entrava para tomar um lanche e ele já gritava: — Professor, estou às suas ordens! — A falsidade disso fez com que mais essa tentativa não vingasse.

Resolvi deixar o cigarro o mais longe possível de mim, mas voltava a ele desesperado como um náufrago em busca de praia. Nessa época, viajei a uma pequena cidade do interior mineiro, dessas que possui uma igrejinha e uma vendinha numa pequena praça e mais nada. Estava sozinho na casa paroquial, que recebia o padre uma vez por semestre. Ao anoitecer joguei o Hollywood pela janela, disse que não fumaria mais aquela porcaria. Lá pelas nove horas da noite bateu uma vontade irrefreável de fumar, saí atrás do cigarro, o maço havia caído no meio de uma grande piteira. Não tinha onde comprar outro. Peguei uma vassoura, foi uma luta tirar o Hollywood dali, estava com os dois braços fartamente machucados pelos espinhos daquela infernal planta! Foi um dos melhores cigarros que fumei na vida, mas que humilhação!

Como professor universitário tinha o costume de acender um cigarro ao entrar na sala, deixar o maço e o isqueiro em cima da mesa, fumava de três a quatro cigarros por aula. Comecei a ficar com a consciência pesada, que mau exemplo estava dando para a juventude!

No dia 10 de dezembro de 1988, às 10h15, na última aula da manhã, disse para mim mesmo: "Parei de fumar!". Nunca mais pus um cigarro na boca até hoje! No maço de Hollywood havia ainda dez cigarros, guardei-o como lembrança por muito tempo, até perdê-lo em uma de minhas mudanças.

A conclusão a que cheguei é que parar de fumar tem de ser de uma vez, definitiva. Esse negócio de contemporizar com mais ou menos é algo que não funciona. Outra coisa é jamais brincar com cigarro, sei que é preciso respeitá-lo, ele tem uma força colossal. Deixei-o há tanto tempo, mas até hoje me lembro do dia e da hora em que isso ocorreu, como se eu tivesse perdido definitivamente uma pessoa querida!

Acentuei sempre as vantagens que recebi com meu gesto. A pele ficou mais viçosa. Os pulmões voltaram a estar livres, com respiração plena. Minha condição atlética passou a permitir que fizesse meus exercícios diários sem cansaço excessivo. Tudo comigo e à minha volta tornou-se mais limpo e arejado. Desapareceu o irritante pigarro. O mais fantástico de tudo, meu desempenho sexual melhorou muito, recebi explícitos elogios de minha companheira sobre isso. Minha alegria e felicidade por ter parado de fumar só cresceram cada vez mais, é um dos fatos mais magníficos de minha vida.

Tenho lido estudos que mostram, sem dúvida, os malefícios imensos do fumo para a saúde. O cigarro tem sofrido notáveis oposições contra sua propaganda. Os ambientes para fumantes são cada vez mais cerceados. Inexplicavelmente, tenho visto em pesquisas, na internet e em outros meios, que o número de fumantes só aumenta de ano para ano. Ao meu redor, idosos, pessoas maduras, jovens, até crianças; homens, mulheres, todos fumando sem parar. Meu Deus, meu Deus, até onde vai a insensatez humana!

Pedro Pires Bessa, nascido em Divinópolis, Minas Gerais, trabalhou por trinta anos, até 1994, como professor, na Universidade Federal de Juiz de Fora (UFJF). Possui graduação em Filosofia, Teologia e Letras. Mestrado e doutorado em Ciência da Literatura pela Universidade Federal do Rio de Janeiro (UFRJ). Pós-doutorado em Literatura Comparada também pela UFRJ. Atualmente é professor pesquisador II de Literatura na Fundação Educacional de Divinópolis/Universidade Estadual de Minas Gerais (Funedi/UEMG). Tem várias publicações de crônicas e poesia. De junho de 2004 a julho de 2012 publicou crônicas no diário *Jornal Agora*.

Angélica

Raquel Naveira

Gosto de enfeitar a sala com um buquê de angélicas. Que aroma suave e agradável se espalha pelo ambiente. São belas as hastes de folhas longas, com cachos de flores brancas, cerosas, pequeninos bulbos que florescem no verão e vão até o final do outono. E estamos no outono, numa manhã de outono.

Conheci a angélica aqui, numa banca de flores perto da avenida Angélica, e ela se tornou o símbolo deste novo tempo em São Paulo.

Caminho por estas ruas todas e percebo a presença de três mulheres fortes que fundaram este bairro: Angélica, Maria Antônia e Veridiana. Três damas paulistanas do finzinho do século XIX que provaram o quanto as mulheres conduziam destinos; como marcaram com suas personalidades, decisões e atuações os rumos da cidade.

Maria Antônia da Silva Ramos, filha do barão de Antonina, possuía nessas imediações uma chácara com pomar e pasto de cavalos. Vinha acompanhada por seus escravos para passeios em meio a laranjeiras e moitas de hibiscos. Vendeu depois a área ao reverendo Chamberlain, que construiu o prédio antigo da Universidade Mackenzie, que foi a porta de minha entrada nesta metrópole.

A rua ficou famosa por ter sido palco de uma luta entre estudantes da esquerda, da USP, e da direita, do Mackenzie, no começo da ditadura militar. Uma verdadeira batalha campal entre os estudantes eclodiu na rua durante dois dias, com ovos, pedras, paus e tiros, resultando na morte de um estudante.

Numa noite de junho, comprovando o espírito bélico da rua, vi-me cercada no meio dos manifestantes contra o reajuste da tarifa do transporte coletivo. Rojões, bombas, balas de borracha, gás lacrimogênio, a tropa de choque, o zumbido de um helicóptero. Com o coração aos saltos, eu, tão pacífica, interiorana, criada em redoma de vidro, entendi de repente que vivia agora no olho do furacão. Senti um misto de angústia e de orgulho por participar como nunca da cena, do turbilhão da história. Certeza de trazer agora na lembrança limalhas de ferro e fogo do asfalto da Maria Antônia.

A rua Dona Veridiana, que leva ao metrô e ao burburinho do pátio da Igreja Santa Cecília, é uma referência a Veridiana Valéria da Silva Prado, aristocrata proprietária de terras, intelectual que influiu ativamente na vida cultural, filha do barão de Iguape, poderoso cafeicultor e comerciante de açúcar.

Casou-se muito nova com seu tio, Martinho, bem mais velho que ela, e tiveram seis filhos. Ousada para a época, separou-se do marido e construiu para si uma mansão com jardins e campo de futebol. Reunia em seus salões artistas, políticos, cientistas. Patrocinava exposições de arte e companhias teatrais. Mesmo sob constantes ameaças de morte, andava sozinha, com botas e calças de amazona pela região.

E, finalmente, entramos na avenida Angélica, homenagem a Maria Angélica de Sousa Queirós Aguiar de Barros, filha do barão Sousa Aguiar, senador do Império. Era dona de toda a chácara das Palmeiras, onde erguera um palácio com duas alas separadas por uma torre e lagos em que nadavam carpas e cisnes. Dedicava-se a um trabalho de caridade junto à Associação São Vicente de Paulo, nome de outra rua, que dá no shopping.

Três mulheres de uma época distante e também difícil: Angélica, Maria Antônia e Veridiana. Palmilho como elas os mesmos pedaços de chão. Há nuvens negras de tempestade sobre os arranha-céus cinzentos e a todo momento tudo muda, cai ao chão, esfacela-se, apodrece, restaura-se, constrói-se, como um mapa decadente que nunca tem fim, apagando-se e desenhando-se continuamente.

Nesta manhã de outono, de ciclo de vida perene, eu, mulher, dona de mim mesma, fundadora de mundos, atravessando entre dardos pelo tempo e pelas ruas, trouxe para meu lar uma cesta de frutas e um ramo perfumado de angélicas.

Raquel Naveira nasceu em Campo Grande, Mato Grosso do Sul, no dia 23 de setembro de 1957. Formou-se em Direito e Letras pela Universidade Católica Dom Bosco de Mato Grosso do Sul (UCDB/MS), onde exerceu o magistério superior de 1987 a 2006, quando se aposentou. Doutora em Língua e Literatura Francesas pela Universidade de Nancy, França. Mestre em Comunicação e Letras pela Universidade Presbiteriana Mackenzie/SP. Apresentadora do programa literário *Prosa e Verso*, pela TV UCDB (2000-2006) e do *Flores e Livros*, pela UPTV e pela ORKUT TV. Pertence à Academia Sul-Mato-Grossense de Letras e ao Pen Clube do Brasil. É palestrante, ministra cursos de pós-graduação e oficinas literárias. Escreveu vários livros, entre eles: *Abadia* (poemas, Imago, 1996) e *Casa de Tecla* (poemas, Escrituras, 1999), finalistas do Prêmio Jabuti de Poesia, da Câmara Brasileira do Livro (CBL). Os mais recentes são o livro de ensaios *Literatura e drogas e outros ensaios* (Nova Razão Cultural, 2007), o de crônicas *Caminhos de bicicleta* (Miró, 2010), e os de poemas *Sangue português: raízes, formação e lusofonia* (Arte&Ciência, 2012) e *Quarto de artista* (Íbis Libris, 2013).

Estrangeiro

Ricardo Filho

Ribeirão Preto. Estou na 14ª Feira Nacional do Livro. Escritor virou espécie de caixeiro-viajante. Vive em cidades variadas. Aqui, ali, em todo lugar. Vende penduricalhos em forma de ideias, fala a respeito de suas obras com quem não as lê. Os eventos literários multiplicaram-se pelo país. Não deixa de ser uma boa notícia.

Dia bonito, manhã ensolarada. Tendas espalham-se pela praça principal. Em cada uma delas títulos dos mais variados. As editoras mais importantes, como sempre, não estão presentes. Por quê? Vale a pena pesquisar. Quem quiser deve pegar o carrinho de compras. Pode-se levar a esperança otimista do Augusto Cury, amenidades da Thalita Rebouças – hoje em dia mete-se "h" em todos os nomes –, ou a inteligência emocional de Daniel Goleman. Tudo por preços módicos, de ocasião. Verdadeira cultura de massa disponível.

Sento-me em um banco de madeira. Em frente, não muito distante, ergue-se uma palmeira imperial. Soberana. Não ouço o canto dos sabiás embora aquela terra também seja minha. Cadê os gorjeios, Gonçalves Dias?

Paisagem quente e abafada. Maritacas discutem na figueira vizinha. Não chegam a uma conclusão e se atiram em voo estabanado para o ipê mais próximo. Roxo, com poucas flores. Mergulhados em algazarra semelhante, um grupo de jovens resolve dividir espaço comigo na esperança de que talvez eu saia dali, vaze. Não vazo. Espremem-se, sentam-se uns no colo dos outros. Pego o celular e finjo distrair-me. Interessa-me aquela proximidade. Reparo. Camiseta amarela: "Keep calm e torce pelo Brasil!". Lembro-me da Copa com expectativa desinteressada. Falta pouco para o futebol.

Um rapazinho com voz afetada pontifica: "Ela veio com nós, vai voltar com nós". Sofro. A rádio local anuncia o início da programação. Nos alto-falantes ecoa a voz bonita de Marisa Monte. Acompanho, canto por dentro. Observo com prazer a natureza luminosa. Os garotos confabulam, riem, há carinho entre eles. Alguém vê uma colega passando longe. "Olha lá a Dandara!". Falam mal dela.

Vestem roupas pesadas, escuras, alguns usam gorros de lã. De certa forma se escondem. De quem? Mostram-se entre si. Todos conversam esquecidos de mim. Juntos. Não me notam.

Tim Maia pede que lhes deem motivo. A moreninha mais ajeitada reclama: "Podiam tocar funk". Sofro novamente. Ergue os braços, segura a própria cabeça com as mãos onde unhas azuis gritam. Abraça a nuca e imita o ritmo sensual como se ouvisse o som desejado. Ondula, desce quase até o chão em seu rebolado lascivo.

O líder, aquele que sabe conjugar verbos, decide: "Está quente demais, a gente precisamos sair daqui". Voam para longe enquanto sofro pela terceira vez. E já que o calor realmente incomoda, abandono meu posto também.

O tempo se arrasta, faço hora para voltar ao hotel. Paro em um quadrado improvisado onde rapazes jogam basquete. Um cesto, três contra três. Alternam dribles bonitos com arremessos certeiros. Fico pouco. Aquele esporte sempre me pareceu estrangeiro, nunca falou minha língua. Mais à frente skatistas batem no chão com suas tábuas rolantes. Barulho insuportável.

Na van que me conduz ao aeroporto rumino pensamentos. É tudo tão estranho...

Ricardo Ramos Filho é escritor com livros editados no Brasil e no exterior. Mestre em Letras pelo Programa de Estudos Comparados de Literaturas de Língua Portuguesa da Universidade de São Paulo (USP), desenvolve pesquisa na área de Literatura Infantil e Juvenil, trabalhando no âmbito acadêmico sobretudo com a obra de Graciliano Ramos. Ministra diversos cursos e oficinas literárias, é roteirista de cinema com roteiros premiados. Atua como *coach* literário e participa como jurado de concursos literários. Também é graduado em Matemática pela Pontifícia Universidade Católica de São Paulo (PUC/SP). Atualmente, é vice-presidente da UBE-São Paulo.

Imagens que ficam

Rita Marciana Mourão

Confesso que sou meio nostálgica. Vivo a escarafunchar o baú das minhas lembranças, sem, contudo, me deixar prender ao passado. A vida deve ser vivida a cada minuto, sem pressa. Procuro vivê-la assim, com a consciência apegada aos menores acontecimentos, para que mais tarde eu não venha sentir na pele os espinhos do remorso.

Hoje, bem no fundo dos meus guardados, encontrei uma mulher que marcou para sempre meu jeito de viver. Nunca mais deixo para depois o que posso fazer agora. O depois é uma palavra que apazigua, mas pode se transformar em um dolorido nunca mais.

Era essa mulher uma pessoa iluminada! Mãe extremosa, forte, exemplar. Seu nome era Matilde, mas, naquele recanto mineiro em que vivia, todos a conheciam como dona Tide.

Passou a vida ali, cuidando do sítio e dos quatro filhos que lhe deixou o marido.

"Dona Tide é uma mulherzinha forte" – diziam os sitiantes que vizinhavam com ela, presenciavam a sua luta e conheciam a sua história. "Qualquer outra se queixaria, mas dona Tide, não. É conformada, resistente. Uma árvore boa, madeira de lei que não se curva diante dos vendavais". Tinha um olhar distante procurando (quem sabe) entender o passado e conformar-se com o presente. Acreditava firme que, se não houvesse curvas no caminho, não existiriam surpresas boas.

Quando seu homem foi-se embora com a loira do povoado, ela ignorou o fato, nunca falou a ninguém sobre seus desencantos, suas preocupações. E não se acomodou diante da dura lida. Cuidava sozinha dos afazeres do sítio, das poucas vacas leiteiras, e ainda fazia doces, biscoitinhos de nata e muitas outras guloseimas que iam para a venda do seu Justino.

"Tenho que trabalhar dobrado e dar aos meus filhos um pouco mais de estudo. Eles serão melhores do que eu" – dizia cheia de esperança. Como se no mundo pudesse haver alguém melhor do que a dona Tide. Mas ela se referia ao duro trabalho que lhe pesava o corpo, às duras frustrações que lhe arranhavam a alma, guardando só para si o cansaço e as dores que a ingratidão provocara.

Os anos foram passando e tudo foi fugindo do seu controle, do seu alcance. E uma lembrança doce foi ocupando o velho espaço de um tempo de sonhos, semeaduras. As imagens dos filhos pequenos, porém, continuavam vivas, tagarelando dentro dela. Eles haviam crescido e foram para a cidade grande aperfeiçoar o estudo, melhorar a vida. O último a se despedir foi Cláudio, o filho caçula. Ah, como doeu em dona Tide essa despedida! Ela sabia que acabava de perder o último carinho que lhe restara, o último companheiro para o café da manhã e para as conversas, à noite, ao pé do fogão à lenha. Mais uma vez, dona Tide engoliu seco aquela dor e guardou-a só para si. Resignada, continuou dizendo que eram separações necessárias. A vida exigia isso.

No começo, em datas especiais, os filhos apareciam. Então era aquela festa. Nessas ocasiões o trabalho era redobrado. Fazia doces e mais doces, punha flores na jarra e ajeitava até a própria aparência. Tinha que se mostrar elegante, para as noras, para os filhos e netos. O cansaço? A chegada dos seus meninos, a alegria da família reunida venciam tudo. Depois as visitas foram ficando raras, as saudades mais intensas. Dentro de dona Tide chegava a doer de tanta saudade, mas só ela sabia da existência dessa dor. E os vizinhos diziam: "Ingratos, será que se esqueceram da mãe? Qualquer dia ela morre e eles nem vão ficar sabendo". E dona Tide, de cabeça erguida, nos lábios um sorriso que só ela sabia o quanto lhe custava, sempre encontrava meios para justificar a ausência dos filhos. "Eles me amam, eu sei disso. Filhos são como pombos-correio. Vão, às vezes demoram, mas sempre voltam trazendo um ramo verde para nos ofertar".

Naquela tarde de dezembro, dona Tide não cabia em si de tanta felicidade. Depois de muito tempo sem dar notícias, os filhos mandaram lhe dizer que viriam passar o Natal com ela. Logo que recebeu o telegrama, dona Tide trabalhou, trabalhou que até a semana lhe pareceu mais curta. Encheu os potes de doces, biscoitinhos de nata e de tudo o que pudesse agradar o apetite dos seus meninos. Caprichou nos arranjos da casa e até a talha em que mantinha a água sempre fresquinha recebera cuidados especiais. Era uma velha talha impregnada de passado, mas ficara bem mais bonita depois daquele banho com sapólio. Embora sentisse que o trabalho mexera com seus oitenta e cinco anos, dona Tide estava feliz, realizada.

— Tudo preparado, no capricho, agora é só esperar — disse-me quando cheguei para cumprimentá-la.

Tinha tomado um banho reconfortante, usava uma roupa florida e, sentada na frente da antiga casinha de pau a pique, dona Tide estava pronta para abraçar os filhos que não tardariam. Tudo nela era só alegria. O sorriso solto, as vestes coloridas, o diadema dourado sobre os cabelos grisalhos. Da cozinha, o cheiro das carnes e dos quitutes se espalhava pelos arredores do enorme terreiro.

Dentro do que eu conhecia de dona Tide, pude ver que ela contemplava o pôr do sol mais bonito que já vira, um pôr do sol diferente, com cores de esperança.

Com os olhos fixos no horizonte e a respiração meio ofegante, ela aguardava o momento daquele esperado reencontro. Lá longe, na curva da estrada, uma tira de poeira vermelha anunciou a surpresa há muito desejada. As buzinas dos carros repicaram e um cansaço pegajoso, um burburinho confuso foi se apossando de todos os sentidos de dona Tide. Mesmo pesados e sonolentos, os olhos dela ainda vislumbraram os carros e os acenos dos filhos, das noras, dos netos. Aos poucos, as imagens foram se desintegrando daquelas retinas cansadas e foram se transformando em um sonho grande, seguido por um sono profundo, embalados pela tagarelice dos seus meninos.

Quando chamaram por ela, dona Tide não quis mais acordar. Teve medo de perder aquele sonho, aquela felicidade sublime e ficar de novo sem os filhos queridos.

Rita Marciana Mourão nasceu em Piumhy-MG, cidade cercada por misteriosas montanhas que acentuaram seu lado místico e poético. Mora há trinta anos em Ribeirão Preto-SP. Trabalha como professora no Colégio Metodista de Ribeirão Preto. Participou de vários concursos literários e obteve mais de setenta troféus de vencedora. Possui trabalhos publicados em revistas e jornais de Ribeirão Preto e na *Folha de S.Paulo.*

Ano-novo

Roberto Ferrari

Ano-novo, vida nova, assim como o mundo fala, a mídia prega, e as pessoas repetem. Toda passagem de ano muitos fogos são queimados, espumantes ou champanhes são estouradas e comemoramos em meio a muita festa. Como usual, todos nós escolhemos as cores para que no ano que entra possamos alcançar os objetivos propostos, tais como conseguir um emprego novo, um amor, a casa própria, dinheiro, enfim o que nosso sonho permitir. Muitas pessoas se esquecem de sua própria segurança, indo para praias, pulando as sete ondas, vendo a queima de fogos. Na época natalina, por muitas vezes parece que o mundo entra em uma histeria coletiva, as pessoas gastam o que têm e o que não têm para que possam ter uma noite feliz.

Meus amigos, precisamos ser felizes o tempo todo, mas como ter a felicidade vinte e quatro horas por dia? É simples, basta nos amarmos, pensarmos de forma positiva, traçarmos nossas metas baseadas nos nossos sonhos e trabalharmos para conquistá-las.

O ano-novo é esperança, é renascimento, enfim, uma vida nova, se assim o quisermos. Nós precisamos fazer com que tudo mude dentro de nós para atingirmos nossos objetivos.

É nessa época que vemos pessoas fazendo muitos planos, tomando resoluções e tendo muitos desejos para o novo ano, mas apesar de tudo, a maioria acaba se esquecendo dos planos, justamente por conta das dificuldades para se conseguir atingir as metas. A vida é uma luta constante, premia aqueles que se entregam de peito aberto e não param em qualquer problema. Devemos ser focados, nunca perder a esperança e ter muita fé, assim atingiremos o ponto mais alto, o sucesso. Por outro ângulo, vemos pessoas que fazem da vida uma rotina mortal, ou seja, não se esforçam para conseguir o que querem. Todo ano devemos encarar nosso trabalho com amor, procurar executá-lo da melhor maneira possível, evitar reclamações, procurar ser o melhor e de preferência fazer o que se ama. Nunca podemos desistir de nada, pois às vezes as surpresas da vida vêm de onde menos esperamos e por outro lado aquilo que desejamos muito acabamos por conseguir nos momentos mais improváveis.

Eu sei que se conselho fosse bom, não se dava, se vendia, mas aqui vai um: Faça a sua parte e a vida fará o resto por você.

No final, temos que fazer a vida valer a pena, trabalhar com afinco, amar intensamente, viver plenamente e se apaixonar pela vida e suas belezas. Vamos criar metas que possamos atingir, mesmo que, para conseguirmos alcançar nossos desejos, precisemos ir passo a passo. A vida não nos permite desanimar, ela exige luta diária, entrega e amor. A mudança só ocorre quando entendemos que a luta é diária e que viver assim nos completa. É necessário acreditar em nosso potencial, arregaçar as mangas e trabalhar.

Seja você a mudança, não de ano após ano, mas dia após dia, momento após momento. O novo ano traz 365 oportunidades de mudanças, de ser feliz e encontrar o sentido e o propósito de nossa vida. Precisamos ter coragem a cada novo ano que inicia, pois será o impulso da mudança de nossas vidas, e deixar o nosso passado pra trás, vivendo sempre o momento.

Roberto Augusto de Piratininga Ferrari nasceu no dia 23 de abril de 1957, em São Paulo. Estudou no Colégio Santo Américo e cursou Engenharia Civil no Mackenzie. Iniciou sua vida profissional ministrando aulas para o Colégio Mackenzie e, em 1984, iniciou na Fundação Getúlio Vargas o CEAG, um curso de pós-graduação em Administração de Empresas. Em 1998 cursou pós-graduação em Análise de Sistemas no Mackenzie. Em 2011 resolveu abraçar a carreira de escritor e poeta, lançando o livro de poesias *Sublime amor*. Em 2012 lançou *Ventos da paixão* e o romance policial *Identidade assassina*. Em 2014, *Refúgio da alma*. Desde março de 2014 faz parte da atual diretoria da UBE.

A palavra e o sonho

Rodolfo Konder

As palavras escritas frequentemente escoiceiam as verdades oficiais, como cavalos alados. Mordem os torturadores, atacam os corruptos e os burocratas, conduzidas pela ética de quem as organiza. Além disso, elas nos fazem sonhar; abrem portas, janelas, cofres, alçapões e caixas de Pandora; permitem que as flores nasçam em pleno asfalto; transformam o naufrágio da velhice num tempo de ventura, quando restam apenas "O homem e a alma". As palavras escritas nos levam à Dinamarca ou nos transportam sobre as águas geladas do Báltico; percorrem conosco as veredas do Central Park, cobertas pelas folhas mortas de um outono tardio; hospedam-nos num maravilhoso castelo do século XIV, em West Sussex, junto a um cemitério; revelam-nos os mistérios dos maias e dos tehotihuacanos, dos toltecas e dos babilônios, dos minoicos e dos astecas; descem suavemente com a neve sobre os vivos e os mortos; desvendam os segredos do passado – "este quimérico museu de formas inconstantes" – e antecipam as vertigens do futuro; iluminam Paris e Jerusalém; despertam paixões, ressuscitam os mortos e desafiam os poderosos. Elas são mágicas e possuem poderes ilimitados, orientadas pela estética de quem as organiza.

Há pessoas que sonham – e vão buscar nas palavras o meio de manifestar seus sonhos. Num delicado trabalho de ourivesaria, elas selecionam frases, fazem o polimento das concordâncias, montam parágrafos, para provocar emoções e despertar a imaginação dos seus leitores. Esses misteriosos seres, solitários e eternamente insatisfeitos, são chamados escritores.

Os escritores geralmente não sabem administrar bens nem lidar com dinheiro, não entendem de política cambial nem de juros acumulados. Às vezes, sofrem de insônia, pressão alta e enxaqueca. Vivem acossados pela insegurança: Será que o meu livro vai fazer sucesso? Ficará encalhado? Você gostou do texto? Temem sempre os críticos, a rejeição dos leitores e, em certos países sombrios, a espada cega e implacável da censura. Mas essas criaturas de aparência frágil tornam a vida muito mais intensa, fazem das palavras um instrumento de magia, distribuem sonhos e emoções.

Os regimes autoritários sempre odeiam quem escreve. Na América Latina, por exemplo, poetas, romancistas, críticos e jornalistas foram perseguidos durante os chamados anos de chumbo. Nos países socialistas também, porque as "ditaduras do proletariado" temiam os escritores e o poder desarmado de suas palavras. Até hoje isso acontece em Cuba, no Marrocos, na Líbia, no Iraque, no Afeganistão, na China e em outras nações que ainda não se encontraram com a democracia.

Muitas vezes os escritores acabam na prisão. Mas a cadeia não é o único mal que se abate sobre eles. Há processos variados de intimidação, ameaças, isolamento, desemprego. Há também a censura, que os brasileiros já conheceram em diversos períodos da vida nacional. Durante a ditadura de Getúlio Vargas – o período conhecido como Estado Novo –, tivemos um inesquecível exemplo da ação dos censores. Depois do golpe militar de 1964, também fomos obrigados a conviver com a censura, que se abateu sobre o país como uma praga, brandindo sua ignorância e sua truculência de forma implacável.

Apesar de todos esses problemas, apesar de tantos obstáculos, os escritores escrevem. São teimosos, quase obstinados. Escrevem sempre, mesmo na penumbra. Até na escuridão, escrevem e nos iluminam. Com o seu ofício, eles nos ensinam, nos enternecem, nos emocionam, nos humanizam, nos aprimoram. E nos fazem sonhar.

Num tempo já quase esquecido e tornado mítico, William Shakespeare escreveu: "Somos feitos da mesma matéria de que são feitos os sonhos". O sonho, portanto, é o nosso ponto de partida – e o nosso ponto de chegada. Talvez até nos acompanhe na viagem derradeira ao outro lado do tempo. "Morrer, dormir, quem sabe, sonhar... ", sugeriu o próprio Shakespeare, um escritor que, mesmo morto, ainda nos oferece sonhos fantásticos, com seus textos imortais.

Rodolfo Konder foi jornalista e trabalhou nas revistas *Realidade, Singular Plural, Visão* e *Isto É*. Publicou artigos nos jornais *Movimento, O Diário, Voz da Unidade* e *Folha de S.Paulo*. Foi professor de Jornalismo na Fundação Armando Álvares Penteado (Faap). Participou de 22 antologias, foi membro do Conselho da Fundação Padre Anchieta (TV Cultura); integrou a Diretoria da Bienal de São Paulo e foi presidente da Comissão Municipal para as Comemorações dos 500 anos do Descobrimento do Brasil. Foi diretor do Museu de Arte de São Paulo Assis Chateaubriand (Masp), conselheiro nacional da Associação Brasileira de Imprensa (ABI) e membro do Conselho Municipal de Educação de São Paulo.

Marinheira no mundo

Ruth Guimarães

Um dia ainda hei de sumir no mundo. As estradas estão aí abertas, tentação na frente de quem não cogita andar por elas. Buldogues perigosos de fundo de chácara, que vemos amarrados a uma coleira de couro, a coleira a uma corrente, a corrente deslizando num arame que vai até ali e dali até aqui. Esse caminho inglório é o que fazemos sem cessar. Eu vi um desses, dando pulos impossíveis e voltando quase estrangulado, a baba escorria pelos cantos negros das mandíbulas da fera. Garras poderosas, patas possantes, tudo desperdiçado na corrente.

Há destinos piores. Lembro-me que vi, em olaria pobre e antiga, de um tal de Zé Miguel, um burro preto jungido à almanjarra. Dava voltas e voltas, um infinito que começava e acabava no mesmo lugar.

Um dia, serei marinheira no mundo. Quando, não sei. Como, não sei.

Barco para a ventura, no mar, sob o céu altíssimo, tocando em portos de língua estranha e de estranha gente. Hoje está aqui e amanhã, onde estará? Espera-o a glória? O naufrágio? A luz. O fundo do mar.

Barco dos desejos. Ah! Barco de cálidos adeuses e de amáveis chegadas!

Barco da serenidade, das doces cantigas, barco de ver o dia em prata e silêncio. A maruja leal, a proa de esquisito perfil, e o vento vem, vento que vem.

Um dia, serei marinheira no mundo. Quando, não sei. Como, não sei. Há barcos de muitos jeitos.

E se não for de outro modo me mando no barco do esquecimento. Marinheira no mundo, nesse mesmo eu vou. Talvez entre algas, talvez entre luas e plumas. Os peixes passarão diante dos meus olhos abertos e oceanos de silêncio se erguerão de todos os lados, intransponíveis. Estarei viajando, para onde ninguém me alcança, marinheira no mundo.

Se me chamarem, não ouvirei, que a água amarga não deixa. Se me acenarem, não verei, que a alga esparsa não deixa. Se me tocarem, não sentirei. O frio da onda não deixa. Se me quiserem, não serei, não estarei. E responder, não poderei. O silêncio sela meus lábios. Não deixa.

Ruth Guimarães é escritora, jornalista, folclorista e tradutora. Publicou mais de quarenta livros, entre romances, contos, pesquisas folclóricas e traduções do francês e do latim. Assinou crônicas para o jornal *Folha de S.Paulo* por dez anos. Ocupou a cadeira número 22 da Academia Paulista de Letras. Seu primeiro romance contou com prefácio do professor Antonio Candido.

Muitas bruxas e uma bruxinha

Tatiana Belinky

A menina fechou o livro quando ouviu a voz do papai, lá da sala:

— Taniúcha, *idi siudá*! (papai chamou em russo, "vem cá"!, porque eles viviam na Rússia, o que faz muitos anos.)

A menina correu; quando o pai chamava, ela não ia – corria. Taniúcha correu, tropeçou na sua raposinha de pelúcia e levou um belo tombo, se estatelando no comprido no tapete, bem na porta do quarto. E antes dela poder esboçar qualquer reação, o pai, sem sair da sala, abriu os braços.

— Vem cá, filhota, que eu te levanto!

Taniúcha não se fez de rogada, levantou-se num pulo e se atirou nos braços acolhedores e aconchegantes do seu maravilhoso papai, que nunca lhe dava chance de choramingar, fazendo-a rir antes...

— O que é que você estava lendo quando eu a chamei? — perguntou o papai, que conhecia a preferência da filhinha pelos livros, desde que aprendera a ler sozinha, antes de completar cinco anos. E agora já tinha sete.

— Qual foi o livro que você escolheu hoje, na sua própria estante, Taniúcha?

— Foi o livro *Contos de fadas*, papai — respondeu Taniúcha, com uma careta.

— Que carinha é esta, Taniúcha? Esse livro tem tantas histórias bonitas, mais de uma dúzia, se bem me lembro, você não gostou de nenhuma?

— Gostei mais ou menos, papai.

— Mais ou menos? Por que mais ou menos, filhota?

— É porque... porque eu estou meio enjoada de tantas fadas. Todas tão loirinhas, tão delicadinhas, tão lindinhas, tão... tão boazinhas, o tempo todo.

— E você está... "meio enjoada" delas, mas por quê?

— Porque elas são umas... umas "doçuras", e muita coisa doce o tempo inteiro enjoa, não acha, papai?

— Você também é uma doçura, Taniúcha, e eu não

enjoo disso, brincou papai. Tão boazinha que você é. Parece uma fadinha.

— Ah, pare com isso, papai — riu a menina —, eu não quero parecer fada, e muito menos ser uma.

— Então você não quer ser uma fada? E o que é que você gostaria de ser, então?

— O que eu gostaria de ser mesmo? — animou-se Taniúcha. — O que eu gostaria de ser se pudesse, nem que fosse só por um dia, era ser... uma bruxa.

— Uma bruxa! Foi isso mesmo que eu ouvi? Você gostaria de ser uma bruxa! — espantou-se o papai. — Uma bruxa horrorosa, a Viédma russa, a Baba-Iagá?!

— Não — explicou a menina —, a Baba-Iagá não, ela é feia demais, morando na sua casinha de pés de galinha que se vira para todos os lados, viajando naquele pilão de pau.

— Se você não gostaria de ser uma Viédma russa, que tipo de bruxa você gostaria de ser? A Hexe dos contos alemães?

— Não, nem Hexe alemã, nem Witch inglesa, nem Strega italiana, nem Sorcière francesa, nem...

— Mas você entende mesmo de bruxas, filhota! — interrompeu o papai, admirado. — Então que tipo de bruxa você gostaria de ser, e por quê? Qual é a razão de você "sonhar" em ser bruxa?

— A razão é simples — explicou a menina. — Eu queria ser bruxa porque bruxa tem poder, uma coisa que criança não tem! Bruxa pode fazer coisas proibidas, como... como ser malcriada, xingar, mostrar a língua e tantas outras, como por exemplo desobedecer ordens, ir para onde der vontade, ser desaforada, transformar coisas e até "virar" outro personagem... e, claro, fazer maldades quando lhe der na veneta, e até mesmo ser boazinha, de vez em quando... E também...

— Basta, basta — exclamou o papai. — Que longo discurso você fez, Taniúcha! Já entendi a sua razão de querer ser bruxa. Mas, felizmente isso não é possível...

— Pois é, eu sei que não é possível. Então, o jeito é eu ler outros livros, com menos fadas açucaradas! Não acha, papai? — disse Taniúcha.

— Sugiro, para variar, livros de aventuras — falou o papai.

— Que aventuras, papai? Como, por exemplo?

— Como, por exemplo... Digamos, as aventuras de Robin Hood... ou as histórias das *Mil e uma noites*... Há muita coisa boa para ler, Taniúcha.

— E você vai me ajudar a escolher os melhores livros das livrarias, não é, papai?

— Pode crer e até apostar, filhota!

E o papai deu um beijo estalado na ponta do nariz da menina...

E o tempo foi passando, com as estações dos anos se sucedendo, e a menina crescendo, estudando e aprendendo muitas coisas, e sempre lendo muitos livros.

Até que um belo dia o papai a chamou muito sério:

— *Idi siudá*, Taniúcha. Tenho uma coisa muito importante pra lhe comunicar.

Comunicar? Estranhou a menina, que agora já tinha dez anos de idade

— Comunicar o quê, papai?

— Preste atenção, filhinha. Nós vamos fazer uma grande viagem.

— Viagem? Para uma praia, uma estação de águas, uma...

— Um outro país, filha. Do outro lado do Oceano Atlântico.

— Do outro lado do mar-oceano, como no livro de Geografia? — espantou-se a menina.

Lembrem-se de que isso aconteceu na Rússia, há muitos anos mesmo, quando as grandes viagens eram feitas de trem, de navio, mas não de avião, como hoje em dia. Por isso, não foi à toa que a pequena ficou tão espantada. E mais espantada ficou quando soube que a sua família ia viajar – emigrar! – para o Brasil, um país tropical do qual ela tinha apenas uma vaga ideia, pelo mapa-múndi no seu Atlas de Geografia. Um país que nem ficava na Europa, mas na América do Sul. E a viagem seria feita de navio transatlântico e duraria três semanas em alto mar!

E foi isso que aconteceu.

Taniúcha viajou com a família – pai, mãe e dois ir-mãozinhos – e chegou ao Rio de Janeiro, onde, da amurada do navio, viu no cais do porto um enorme cacho de bananas, mais alto do que ela e que lhe causou a impressão de que esse Brasil era o país mais generoso e rico do mundo, já que possuía tantas bananas, que eram tão raras e caras na Rússia...

Dias depois o navio atracou em Santos, e logo Taniúcha foi parar em São Paulo, onde ficou vivendo dali em diante, em um país e um mundo completamente diferentes daqueles seus conhecidos.

E – coisa importantíssima para a leitora "viciada" que ela era – num novo mundo de novos livros, de escritores que ela não conhecia, e que tinha toda a pressa de ficar conhecendo, sem perder tempo.

Taniúcha aprendeu português rapidinho, e virou, como se diz, "uma ratinha de biblioteca" na grande biblioteca da escola, onde passava horas mexendo e procurando livros diferentes para descobrir novas aventuras (isto sem deixar de imaginar como seria bom se ela pudesse ser uma bruxa...)

E pouco depois aconteceu uma coisa interessante:

Taniúcha descobriu... Monteiro Lobato, o grande escritor que "descobriu" a criança brasileira e lhe deu a importância e o respeito que ela merece. E lhe deu o grande presente que é o Sítio do Picapau Amarelo, com o seu mundo mágico, onde tudo pode acontecer – acontece mesmo!

E Taniúcha passou a viver no sítio da Dona Benta, com todos aqueles personagens incríveis – e o mais incrível de todos, nada mais nada menos do que a espetacular Emília.

Emília, a boneca de pano recheada de macela, com o corpo feito pela Tia Nastácia – "boneca 'tão feia' que é ver uma bruxa".

(Bruxa). Mas com alma – e que alma!, um pedacinho do próprio Monteiro Lobato, a sua "independência ou morte" –, como ela mesmo definiu para seu "pai" e criador.

E Taniúcha se apaixonou pela Emília, porque a Emília era (e é!) ao mesmo tempo boneca e criança, gente e, sim, até "fada" – e o que é melhor, também "bruxa" – com poderes e coisas de criança, espírito crítico e contestador, boneca (muito) falante, ora asneirenta, ora sabichona...

Em suma, uma "bruxa" completamente diferente de todas as bruxas europeias, velhas conhecidas da Taniúcha, das quais a menina cobiçava o poder, mas não o "caráter" e muito menos, o aspecto exterior.

E aí apareceu a Emília na vida da Taniúcha, com todas aquelas qualidades e poderes especiais!

E sabem o que aconteceu? De uma hora pra outra, a Taniúcha desistiu de ser uma bruxa europeia de qualquer tipo, para se "naturalizar" e virar – vocês já adivinharam, não é? –, virar uma "bruxinha" brasileiríssima. E exclamar, numa formidável decisão: EU QUERO SER EMÍLIA!

E aquela menina de dez anos, que hoje, com mais de nove vezes isso, procurou e tentou no decorrer da sua já longa vida ser um pouco da Emília, por dentro – o que lhe tornou essa vida, se não sempre fácil, certamente mais leve, mais alegre e mais interessante!...

Tatiana Belinky Gouveia nasceu em 1919, em São Petersburgo, na Rússia, e chegou ao Brasil em 1929. Publicou livros em prosa e em versos, além de traduções, adaptações e recontagens. Entre 1952 e 1966, fez a primeira adaptação para a televisão da série *Sítio do Picapau Amarelo*, de Monteiro Lobato. Colaborou na TV Cultura e em importantes jornais, como crítica de literatura infantil e juvenil e de teatro.

A grade

Thiago Bechara

Saí de casa mecanicamente como que para forçar minha entrada no universo. E agora São Paulo novamente voltava a ser o meu lugar. Subindo a rua lentamente, tudo foi me conduzindo para, ao fim, chegar ali naquela construção. E da porta de onde saí até este lugar, fui nascendo de novo e edificando sobre mim uma outra vida. Uma vida mais propícia à autopercepção e que, a cada passo, me tornaria mais capaz de acessá-la. Assim, o mundo foi-se colorindo como se eu, por minha pele, o recebesse menos hesitante. Menos impregnado deste mundo.

A primeira vez que se olha o céu aos vinte anos e, em seguida, se descobre que uma grade enferrujada é apenas uma grade enferrujada. E como isso é belo e simplesmente material, além de limpo. É limpo como é limpa uma foto deste local. Uma foto focada na ferrugem da grade e não naquilo que esta protege. A limpidez e a beleza do ser de cada coisa. Hoje, cada folha seca no chão por que passei está tão digna – é tão digna - quanto um rei do alto de sua majestade. Mesmo um rei seco ou enferrujado. Todo rei é um pouco enferrujado e nem por isso menos austero do alto de sua importância.

Pois bem, olhei o céu!

Neste caminho por que passei, notei coisas que, já o tendo percorrido antes de outros modos, não notara. E concluí que só se está vivo mesmo a pé. Ao menos para se ver a vida como um reino irreversivelmente enferrujado, mas ainda assim, belo. Aquele céu me perseguiu o trajeto inteiro. E está ainda sobre mim como uma ave a zelar pela cria no ninho. Ele ali, me espreitando. Eu cá, me alimentando do que seu grande bico azul me oferta. Uma grade enferrujada ante mim. Uma grade ao contrário. Você já viu uma grade enferrujada ao contrário? Eu mesmo só fiquei conhecendo porque nasci de novo neste dia. Do contrário, ela não existiria.

Esta grade que chegou até mim... ela era de um feio que, neste dia de flores na pele, me pareceu tão lindo... Tinha uns ramos antigos ainda vivos de uma trepadeirinha confundindo-se sem pedir com os ferros retorcidos. Nunca eu havia me flagrado ante algo semelhante. Mas aquilo me fisgou como se fisga um peixe em meio ao deserto que é o mar. Aconteceu que me livrei da grade vazada e tive a sublime curiosidade de focar minha visão naquilo que ela guardava.

A grade era baixa mas tinha por função proteger a cidade do abandono daquela casa! A planta, pobrezinha, tentava de toda maneira se esgueirar para fora. O que ela não supunha, e a grade sim – por isso a impedia de transpor os limites do quintal –, é que a raiz desta *integrava* aquele cenário e jamais se emanciparia de tal condição; a de ser planta de jardim abandonado. De casa abandonada. De mundo abandonado. Olhei em volta e a vida continuava como que por milagre. O mundo ainda ali. As pessoas caminhavam, olhavam para os lados e atravessavam a rua calmamente, com a maior naturalidade. Como havia ainda espaço nesta metrópole para locais tão suspeitos?

Foi quando num canto quase puído daquele painel havia ainda um portão de ferro trancado a cadeado, de onde descia uma escada – e ela seria eterna, não fosse a bananeira a encerrando e dando início ao terreno, igualmente baldio, rastejando pelos fundos. E era só isso mesmo, mais nada. Só que endossava o perigo de se ter uma casa como aquela justo ali, naquela rua movimentada. E se esse abandono todo dá de pernas pela rua? Por isso a grade? Eis a função de tamanha ferrugem? Proteger a cidade de seu abandono? Tudo belo demais para aparentar dessa maneira. Mas são assim mesmo as coisas do avesso. Tão alguma coisa que se assemelham aos seus opostos. E eu que tinha dito justamente o contrário. Mas a grade também estava ao contrário e eu só notei isso depois. Teria de inverter todas as lógicas e voltar talvez pra casa pisando o céu e sendo alimentado pelo grande bico preto do asfalto sobre mim?

Cansei apenas de estar do lado certo. Passei, depois daquele dia, a querer o avesso, que me pareceu mais útil pra se ver a solidão daquela casa: o grande risco, causa dos ocultamentos. Quanto descuido de quem se privou de conhecer o cerne da existência. Há belos. A casa permanece no mesmo local. Quem for, me encontrará. Grudado na ferrugem. Se chover, estou perdido. Enferrujo junto. Mas já sou aquilo. E solitário como aquilo. Abandonado como tudo aquilo. Só não tenho uma grade para proteger o mundo do meu delírio abandonado. Por enquanto. Questão de continuar escrevendo. Onde está minha casa? Esta é a minha casa. Onde estive o tempo todo sem saber? Oculto, sim, no abandono das aparências? O céu de bico azul principiou se fechando. Nuvens majestosas dependuramse prontas para enferrujar mais um rei na história da fotografia.

Thiago Sogayar Bechara (1987) é paulistano pós-graduado em Jornalismo Cultural e tem sete livros publicados, dentre eles as biografias *Luiz Carlos Paraná: O boêmio do leite* (Independente, 2012) e *Cida Moreira: A dona das canções* (Imprensa Oficial, 2012), além da coletânea de poesias *Literatura de quintal* (Ed. Patuá, 2013), com posfácio de Luís Avelima. Thiago é também cantor e músico bissexto nas horas vagas. Já apresentou programas de TV e rádio, entrevistando nomes do teatro, da música e das letras. É membro da UBE desde 2012 e sócio-fundador da Academia Ribeirão Clarense de Letras e Artes (Arclarte), ocupando a cadeira nº 1 da instituição do município, do qual é também cidadão-honorário. Seu site é: www.thiagobechara.com.br.

UBE – União Brasileira de Escritores
Rua Rego Freitas, 454 – conj. 121
Vila Buarque – 01220-010 – São Paulo – SP
Tels.: (11) 3231-4447 – 3231-3669
www.ube.org.br

Este livro foi impresso em Palatino no papel pólen soft 80
pela **Lis Gráfica** para a **Editora Pasavento** em agosto de 2014.